SAS・特殊部隊式

実戦
メンタル強化
タフネス
マニュアル

MILITARY MENTAL TOUGHNESS
Elite Training for Critical Situations

クリス・マクナブ　角 敦子[訳]
Chris McNab　Atsuko Sumi

原書房

SAS・特殊部隊式
実戦メンタル強化マニュアル
★
目次

はじめに 2

第1章 精神と肉体 6

体が先 8

フィットネス・プログラムの作成 15

フィットネスを楽しもう 18

強迫観念に注意 18

適切な栄養の支え 21

ストレスへの対処 21

演技の重要性 28

あふれでる自信 29

コラム 食事と栄養にかんするイギリス海兵隊のアドバイス 20

第2章 訓練 32

適切な姿勢 35

現実的になる 40

前向きな考え方 41

視覚化と訓練 44

頭の回転の速さ 51

時間と練習 53

読書の勧め 53

記憶力の強化 55

リーダーシップ 62

よいリーダーは耳を傾け、人にまかせる 65

影響力 66

迅速な行動 66

明確な意思伝達 69

コラム 自己分析にトライ 71

第**3**章 交戦 72

攻撃性のコントロール　74

敵との対決　81

戦闘ストレスへの対処　85

リーダーシップ　89

スピードと集中　91

奇襲と大胆さ　93

重心と重大な弱点　98

重大な弱点　100

`コラム`　リーダーシップの育成　90

主導性、決断力、チームワーク　98

第**4**章 テロ攻撃への対応　106

テロリストの思考　109

情報収集　118

テロ攻撃の回避と反撃　125

`コラム`　ハードターゲットとソフトターゲット　128

第**5**章 拘留訓練　138

心理的抵抗　140

尋問と拷問　149

絆の形成　157

脱出　160

第6章 戦争後遺症 170

心の傷 171
「共同ケア」 179
治療 186
カウンセリング 188

月の生活 190

コラム PTSDの症状──米退役軍人省 176
戦闘ストレスの緊急治療（BICEPS） 182

参考文献 195
索引 197

免責事項

本書はあくまでも情報提供を目的に執筆・出版されています。本書掲載の情報を実行に移す判断は、読者にゆだねられます。本書掲載のテクニックの使用を原因とする損失や損傷、損害に対して、またテクニック使用の結果生じた、個人あるいは団体に対する起訴や訴訟等にかんして、著者および出版社はいっさい責任を負いません。本書はいかなる類いの保証をするものではなく、掲載情報に関連して生じた人的・物的損害、損傷、損失にかんしても、著者および出版社はいっさいの義務・責任を負いません。

はじめに

軍の有能な部隊は、人的損傷を抑えながらたいてい首尾よく目的を果たす。では、成果を出せない部隊との差はどこにあるのか。その謎を探るべく過去50年間、膨大な研究が進められてきた。もちろん、さまざまな要因があり、その関係式は単純化できない。防衛支出にかけられる財力、テクノロジーへの投資、国全体の士気、軍人の生活環境、人的資源の不足、利用できる火力。こういった諸条件はもちろん、それ以上に部隊の任務遂行とその過程でのサバイバルの能力も、大きくかかわるからである。

単純に考えると、最強の軍隊は最多の兵力と最大の武器庫をそろえて、最大の資金援助を得ているだけのように思われる。軍隊の総合的な戦力投射［戦力を準備し、作戦を展開すること］に、こうした要因は重要でないと否定するのはひねくれ者だろう。だが規模の大小で最終的な勝利が決されることは断じてなく、むしろ勝者と敗者を分けるのは、多くの場合ほぼまちがいなく情報なのである。ここでいう

情報（インフォメーション）は、専門部隊が収集し処理する戦術的・戦略的情報ではない。こうした情報組織は人的情報（HUMINT、ヒューミント）と信号情報（SIGINT、シギント）を集めている。むしろここでテーマとするのはインフォメーションのもうひとつの意味、「知識」のほうで、平時・戦時をとおして、軍の部

市街地のパトロールをする軍の部隊。部隊の団結を育むうえでなによりも重要なのは、隊員が互いの能力を信頼することである。

はじめに

隊または編成の頂点にいる司令官から底辺の一兵卒にいたるまで、全兵員が身につける知的スキルを表している。精神のコントロールや、目標達成のための知識にもとづく合理的な方法の考案、その迅速かつ勇猛果敢な実行、降りかかる複数の問題への臨機応変な対処も、知識力によって可能になる。

アメリカ海兵隊はフィールドマニュアル（規範）『戦闘（Warfighting）』を1997年に更新して耳目を集めた。この高度な本には戦争の理論と遂行についての洞察が短くまとめられており、軍関係者だけでなく、極限状態での人間の活動に興味のある者にとって、心から納得できる識見がちりばめられて

いる。たとえば、人の性格と武力衝突
の結果の相関関係について詳しく述べ
た一節などには、なるほどとうならせ
るものがある。

　戦争は道徳性と体力、持久力が試
　される究極の場である。戦闘遂行者
　に降りかかる危険やその恐怖、疲労、
　物資不足による影響を考慮せずに、
　戦いの本質を見ようとすれば、かな
　らず不完全で不正確な像になる。と
　ころがこうした影響は状況によって
　大きな幅がある。戦いのストレス反

応は個人や民族性によって異なる。ある敵の戦意を喪失させた行為も、別の敵には戦いの決意を固めさせるだけになるかもしれない。戦争ではリーダーから注入される戦意が、まちがいなく戦闘行為の推進力となる。テクノロジーがいかに進化し科学的な計算が適用されても、人がかかわる側面が減らされることはない。戦争を戦力や武器、装備の比率でかたづけようとする教義(ドクトリン)は、戦争の担い手である人間の意志の作用をないがしろにしているがために、欠点を内包しているのである。
——米海兵隊教義公刊資料1『戦闘』、pp.12-13

　本書は基本的に軍事の世界での「人間の意志の作用」について考察するとともに、そこから得られた教訓を軍事の境界を越えた生活に生かそうとしている。なぜなら部外者でも軍事から学べることは山ほどあるからである。兵役につく男女は、緊張の度合いを極端から極端に振幅させる状況に立ち向かわなければならない。いつ果てることもない退屈きわまりない状態から、いきなり衝撃的な恐怖にみまわれたりするのである。そうした精神的資質が兵員に求められるために、軍事の専門組織は人間心理の研究に多額の投資をしており、その成果の多くを教義の公刊で明らかにしている。本書はこうした教義を随所で参照しながら論を進める。そうして軍特有のものの見方を探りながら、わたしたちの考え方を変える方法を見出していきたい。

軍の訓練は兵士個人の心身の強化にとどまらない。意思決定過程でチームを信頼することも覚えさせる。

第1章 精神と肉体

第1章

精神と肉体は深いレベルで相互に関連している。その人がどう考え、感じ、ふるまうかで体調も大きく左右される。

精神と肉体

2015年、アメリカが新兵採用の現場でひろく直面している新たな問題が、世界各国のメディアによって報じられた。17歳から24歳のほぼ3人にひとりが、肥満のために軍務に不適格となっていたのである。たしかに、入隊検査ではじかれるおもな理由には肥満があった（ちなみにほかの主要な理由は、教育レベル、犯罪歴、薬物乱用などである）。

周知のとおり肥満は、地球規模で現代社会がかかえる、深刻な健康問題である。現代人はいわば「肥満促進環境」で暮らしている。つまりカロリーを過剰に摂取しやすくて、減量しよう

にも妨害されるか、すくなくとも足をひっぱられがちな状況である。どこにでもあるような表通りやショッピング・モールのスナップ写真を見れば、隠れた真実が明らかになる。ほんの数歩進むたびに、レストランやカフェ、ファーストフード店、スーパーマーケットから美味しそうな食べ物が手まねきする。そうした店の多くが採用している定番の心理テクニックは、食べ物が豊富であるうちに腹一杯つめこむという、進化とともに組みこまれた人間の本能を利用している。こうした誘惑に屈した成人は（たいていの者がそうだが）脂肪、砂糖、塩分がたっぷり入った食べ物を口にして、ものの数分で1日分の推奨摂取カロリーをオーバーし、体重を増やす。この問題は軍事の世界にも蔓延している。多くの軍組織

前ページ：食べ物や環境、睡眠のパターンは、いずれもその人の精神生活に影響をおよぼしている。

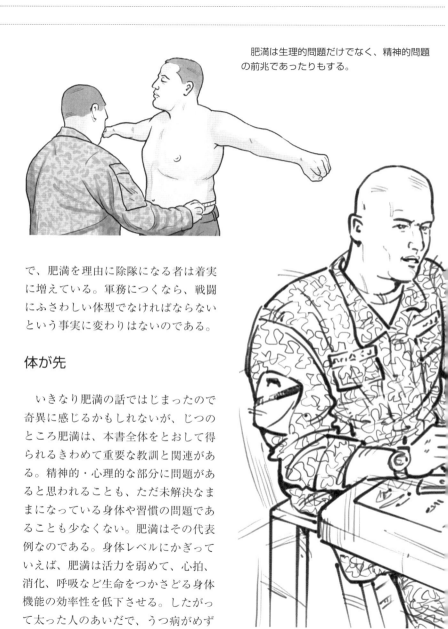

肥満は生理的問題だけでなく、精神的問題の前兆であったりもする。

で、肥満を理由に除隊になる者は着実に増えている。軍務につくなら、戦闘にふさわしい体型でなければならないという事実に変わりはないのである。

体が先

いきなり肥満の話ではじまったので奇異に感じるかもしれないが、じつのところ肥満は、本書全体をとおして得られるきわめて重要な教訓と関連がある。精神的・心理的な部分に問題があると思われることも、ただ未解決なままになっている身体や習慣の問題であることも少なくない。肥満はその代表例なのである。身体レベルにかぎっていえば、肥満は活力を弱めて、心拍、消化、呼吸など生命をつかさどる身体機能の効率性を低下させる。したがって太った人のあいだで、うつ病がめず

第 1 章　精神と肉体

テーブルを人と囲むことにはあきらかに社交上のメリットがあるが、自分がどれだけの量を胃袋におさめたかを忘れてはならない。

らしくないのも驚くにあたらない。日常的な試練や生きていくうえの苦難に対処するのもたいへんなのに、肥満体であると回復力やスタミナを体が使いつくしてしまうのだ。そのうえ肥満であるために、運動のような活動自体がさまたげられるおそれがある。運動をすれば、抑うつ状態のような二次的な症状にも対応しやすくなる。そうした諸問題にくわえて、自尊心の喪失をきっかけに太るという、社会生活にありがちな問題も起こってくる。

　読者の全員が肥満の問題で苦しんでいるわけではないだろう。むしろ鍛えぬかれた体で、非の打ちどころのない食生活をしている人も多いと思われる。それでも、そういった読者にもあてはまる原理はある。それは精神と身体は密接に結びついていて、心の健康のためにできる価値ある投資は、体の健康

第 1 章　精神と肉体

　揚げ物や砂糖の入った飲み物は、摂取後すぐに活力をアップするが、その状態は長続きしない。飲食をするなら、くれぐれもほどほどの量を守りたい。

　軍の基礎体力訓練（ＰＴ）では、筋力をつける運動を重視する。この「タイヤ返し（フリップ）」トレーニングは、全身を鍛えながら難事に立ち向かう精神力をつける。

基礎食品群（右上から時計まわり）脂肪、炭水化物、果物と野菜、ビタミンまたはミネラル、タンパク質

の改善だということである。

　軍隊はその点ですぐれている。毎年何十万人という新兵が採用されるが、その社会的地位や職業は多岐にわたり、体つきは一般人の域を出ない。それをアスリートなみの体型に変化させるのだ。つまり、軍隊的な考え方を身につける最初の１歩が、基礎体力をつけることなのである。では基礎体力（フィットネス）とは、正確には何を意味するのだろうか？　アメリカ陸軍の『基礎体力訓練（Physical Fitness Training）』マニュアルにはその具体的な説明がある。

第 1 章 精神と肉体

　戦いのプロである軍は、野外活動での水分補給のスケジュールを厳密に定めている。脱水症状の初期には、急に気分が沈むことがある。

　　基礎体力は次のような要素で構成される。
- 心肺持久力　体が筋肉運動に必要な酸素と栄養を運び、細胞から老廃物を回収する効率性。
- 筋力　1度の収縮で発揮される筋もしくは筋群の最大限の力。
- 筋持久力　筋もしくは筋群が最大限に近い力で、長時間にわたり反復運動する能力。
- 柔軟性　関節（ひじ、ひざなど）もしくは関節群の通常の可動域内で、どこまで動かせるかを示す能

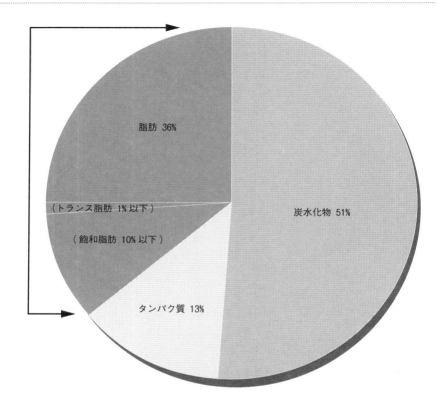

この円グラフはタンパク質、炭水化物、脂肪をバランスよく摂取する食事の推奨例を示している。

力。
- 体脂肪率　全体重に対する体脂肪の総量の比率。

—— FM（フィールドマニュアル）
　21-20『基礎体力訓練』1-3

このリストに、一般人は健康的な食事を追加しなければならない。健康的な食事にはビタミン、ミネラル、炭水化物、脂肪、糖分といった重要な栄養素が、すべて適正な量でバランスよくふくまれている。このような食事でとくに重視されるのは果物と野菜、脂肪のない肉（牛肉や羊肉などの赤肉は減らす）をとり、ジャンクフードやキャンディをできるだけ避けて、毎日の活動レベルに応じた適正なカロリーを摂取することである。したがって成人男

性は平均で1日2500キロカロリーの摂取を推奨されるが、毎日強度の高い運動をする期間はそのカロリー数も跳ね上がる。たとえばイギリス海兵隊では、訓練中の新兵は1日に4000キロカロリーものメニューを平らげるが、それでも体重は減少する。それほど体をいじめぬくのである。

　本書では運動プログラムの詳細な解説や、良質な食事についてのふみこんだ説明はしない。それでも軍の育成プログラムにもとづいて、体調を整えるうえで一般的に重要なポイントは押さえておこう。

フィットネス・プログラムの作成

　頭のなかで「体を鍛えなければ」と焦るより、自分を向上させる、最終的に達成可能なフィットネスの目標を具体的に定めよう。そして週ごとの目標に集中しクリアしていく形で実行する。フィットネスを1日のつけたしのようにとらえるのではなく、軍隊生活と同じように、ライフスタイルに組みこむ必要がある。しかも軍では、体を使わない管理職にあっても全員が、基礎体

甘いものは即効の元気づけになるが、たまに口にする程度にして、食事や適切な栄養のかわりにしてはならない。

レンジャー部隊基礎体力テスト (PFT)	最低合格ライン	目標スコア
2分間プッシュアップ（腕立て伏せ）	49回	80回
2分間シットアップ（腹筋）	59回	80回
懸垂	6回	12回
2マイル（3.2km）走	15分12秒	13分以下
5マイル（8km）走	40分	35分
重さ29.5kgのリュックを背負った16マイル（25.7km）強歩	5時間20分	4-5時間
装備を着けた15m水泳	合格／不合格	合格／不合格

力のかなめとなるレベルは維持して、定期的にエクササイズによる体調管理をしている。それにならって、たとえ仕事が激しい肉体的活動をともなうものでなくても、精神的にも肉体的にも最高の状態を維持するために不可欠な部分として、フィットネス・プログラムを考えるとよい。

フィットネスの強化訓練では、明確に規定したゴールを掲げることも肝要である。軍の部隊で基礎体力訓練を受けるための必要条件は、たいていウェブ上ですぐ見つかるので、それをトレーニングの目標としてもよい。軍の到達目標は、身体能力のオールラウンドな育成に焦点をしぼっているという点

第1章　精神と肉体

でとくにすぐれている。その気になれば、米レンジャー部隊の候補生にふさわしい体力も獲得できるのである。

　左の表からもわかるように、プッシュアップ（腕立て伏せ）のような単純な筋トレから重装備を身につけたままの水泳にいたるまで、候補生のテストにはさまざまなバリエーションがある。これを参考にして、作成する体力強化訓練にも多様な運動をとりいれたい。バランスがよいのは、週にランニング（循環器系）を1、2回、サーキット・トレーニング（筋力と循環器系）を1回、ウェート・トレーニング（筋力）を1回といったところだろう。でなければ1週間にランニング1回と水泳1回を行ない、ジムに2回通ってもよい。ヨガもくわえれば柔軟性を高める貴重なトレーニングになる。軍の訓練にそなえる者は柔軟性を軽視しがちである。面白い話がある。アフガニスタンで活動する西洋の兵士の多くが、あぐらをかいて床に長時間座るのに苦痛を覚える、という問題があった。そのそばで

　仲間と会食する兵士の習慣には、ストレスの発散、リラックス効果、情報交換など、心理面でのメリットが数多くある。

17

話をしていた地元民は、このような姿勢でも平気な顔をしているのに、である。となると、その地域で必要不可欠な「民心獲得」作戦の遂行が、柔軟性がないというだけであやうくなることもありえるのだ。

フィットネスを楽しもう

自分で選んだ種類の運動を心から楽しめなければ、フィットネス強化訓練は長続きしないだろう。世の中にはいくらでもスポーツがあるので、心底ワクワクできる運動や心の安らぎをとりもどせる運動（たとえば田舎道のランニングやボート漕ぎなど単独でできる運動）、人づきあいのメリットがある団体スポーツなど、これぞというものを探すために、ぜひあれこれ試してほしい。またたいていの運動は、快感を

作戦中の睡眠時間はかぎられるだろう。短期間なら、4時間ごとに20分間仮眠をすれば活動しつづけられる。

もたらす神経伝達物質エンドルフィンを分泌させる。そのため運動を習慣化すると、ストレスと抑うつ状態が軽減されることが臨床的に証明されている。この効果は重度のうつ状態であっても期待できる。

強迫観念に注意

なかには運動にとりつかれて、毎日激しい運動をしないと、気がすまなくなる人もいる。運動しないと罪悪感を覚えて、自分を罰そうとしたりもする。軍の部隊はおもに訓練のエクササイズや戦闘作戦中に、兵士を長期間、身体的な極限状態に追いつめられるし、実

第 1 章　精神と肉体

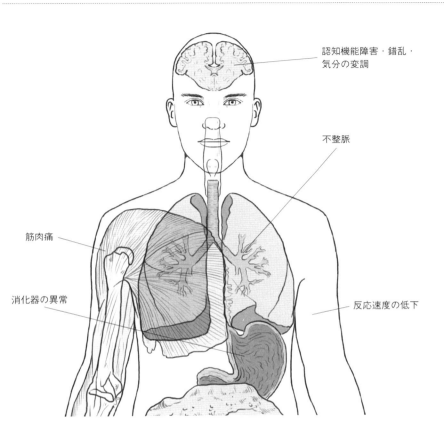

睡眠不足になると、心身ともにさまざまな悪影響が現れる。

際にそうしているが、このような強行軍が無限に続くことはなく、休息と疲労回復の時間をはさんでいる。イギリス海兵隊は、入隊志願者に体を鍛える際のアドバイスをしている。それは1日に2回トレーニングをするなら、何時間か継続したあとに体を休める時間を設けて、食事をとりエネルギーを補給するというものである。だがそれ以上の重要事項としてあげているのは、どのような形であれ、運動をいっさいしない日を週に1日以上設けることである。この休息期間は、体が筋力を増強してトレーニングから回復するためになくてはならない。運動のしすぎが

食事と栄養にかんする
イギリス海兵隊のアドバイス

　筋肉の75パーセントは水である。運動中もその前後も、水分補給を心がけるようにしたい。炭水化物は運動からの回復をうながし、ランニングの距離をのばし速さを増す。トレーニングが終わったら、1時間以内に炭水化物が豊富な軽食を食べること。筋肉はこのときいちばんエネルギーを必要としていて、貯蔵の効率がとくに高いからである。炭水化物が多い食物にはパン、米、パスタ、シリアル、ジャガイモなどがある。

　脂肪はカロリーの塊だが、炭水化物ほどは容易にトレーニングのエネルギーに変換できない。余分なカロリーは脂肪として体にたくわえられるので体重が増える。脂肪のすべてが悪者ではないが、肉の見えている白い脂身はできるだけ除いたほうがよい。ポテトチップス、長期間熟成したハード・チーズ、バターやラード、パイや焼き菓子、ケーキやクッキー、生クリームやサワー・クリームなども減らすよう努力する。脂肪のない肉、魚、鶏や七面鳥などの家禽類、卵、ナッツや豆類はみなすぐれたタンパク源である。タンパク質は体の成長やダメージを受けた筋肉の修復に必要な栄養素なのだ。運動後に軽食をとるなら、鶏肉か七面鳥のサンドイッチが栄養的にほぼ完璧だろう。パンには炭水化物が、肉にはタンパク質がふくまれていて、必要な脂肪分はバターからすべて摂取される。ほかにはツナ（少量のマヨネーズ入り）またはピーナッツバターをはさんだサンドイッチもよい。豆類をのせたトースト、もしくは1杯の牛乳とバナナ1本もよい選択だろう。

　果物と野菜は、できるなら1日に400グラム以上食べたい。生のままでも冷凍・冷蔵品、缶詰め、乾燥ものでもよい。100パーセントのフルーツジュースや野菜ジュースも加算できるが、食物繊維の量は形の残っているタイプよりはおとる。また覚えておきたいのは、フルーツジュースは糖分も多いということである。牛乳と乳製品に豊富なカルシウムは、骨や歯を強くして筋肉と神経の正常な働きを助ける。1日にできるだけ500ミリリットルの牛乳を飲もう。脂肪分1、2パーセントの低脂肪乳か無脂肪乳が理想的である。喫煙は健康と免疫システムに悪影響をおよぼして、病気の誘引となる。本数を減らすか禁煙を試みたい。

——イギリス海兵隊『志願者の体作り（Get Fit to Apply）』

常態化すると、ケガや極度の疲労、免疫機能の低下をまねく。さらに自分で止められないほど運動が強迫観念になると、そこから本格的なうつ病が発症することもある。だが本来なら運動はうつ病を改善するはずなのだ。

適切な栄養の支え

最後に、くれぐれもメチャクチャな食事で強化訓練の成果を台無しにするようなまねはしないでほしい。アメリカ海兵隊は、いくらでも食べられる食物と、適正な量に抑えたほうがよい食物と、絶対に避けるべき食物を兵士に確認させる方法を考案している。

具体的には作戦中のかけ声をあてはめて、それぞれの食物を「発射！」（好きなだけ平らげろ）、「狙い撃て」（量はほどほどに）、「撃ち方待て」（回避せよ）に分類している。どの食物がどのカテゴリーに属するかは、巻末の「参考文献」に掲載したリンクを参照してほしい。

とはいうもののいまの時代は、適正な栄養にかんする情報は簡単に手に入る。これらのカテゴリーにあてはめた食物リストを作成して、楽しんで問題のない食べ方ができる食物のマイリストにするとよい。

ストレスへの対処

本書で述べていることの多くは、ひ

精神と身体の両面で計画性のある成長をめざして、明確で段階をふんだ目標を設定しよう。

とつのテーマを土台にしている。それは、ストレスを認識し対処するよう兵士を訓練する方法である。ストレスの本質について否定的になりすぎてはいけない。生産的に作用する例もあるからである。ストレスは心身が緊張した状態で、一定の身体的変化によって増幅される。たとえば感覚が鋭敏になり、体に力がみなぎってくる。そのトリガーになるのは通常外部的な影響で、心に不安や興奮、恐怖を生じさせる。基本的にストレス反応は、問題にうまく対処するためのエネルギーと集中力をもたらす。必要な瞬間に最善の能力を発揮するためには、だれもがある程度のストレスを必要としているのだ。

だがストレスのレベルが極度に高くなり、余裕をもって耐えられなくなると問題が生じる。ストレスが危険なレベルに達すると精神機能が急激に低下して、世の中に出ていくのが億劫になることもあれば、しだいに攻撃的なそぶりを見せるようになって、仲間や世間からうとまれることもある。

ストレスの影響について非常にわかりやすく述べているのが、アメリカ陸軍のFM3-05.70『サバイバル（Survival）』である。

生きていくうえではある程度スト

強度のストレス状態をいつまでも放置しておくと、無気力や神経衰弱になるおそれがある。

第1章 精神と肉体

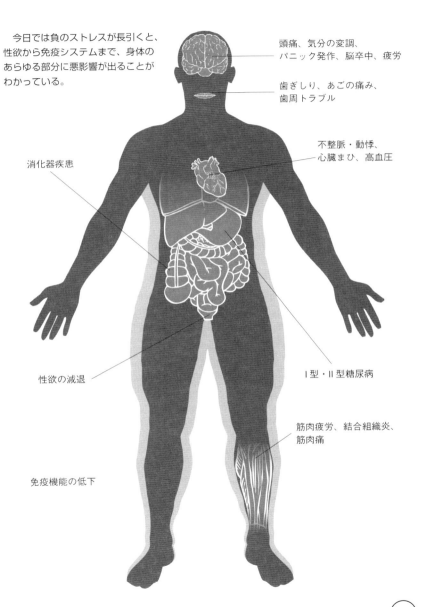

今日では負のストレスが長引くと、性欲から免疫システムまで、身体のあらゆる部分に悪影響が出ることがわかっている。

頭痛、気分の変調、パニック発作、脳卒中、疲労

歯ぎしり、あごの痛み、歯周トラブル

不整脈・動悸、心臓まひ、高血圧

消化器疾患

性欲の減退

I型・II型糖尿病

筋肉疲労、結合組織炎、筋肉痛

免疫機能の低下

レスが必要だが、どんなことも度をすぎると悪影響が出る。目標はストレスはかかっても、かかりすぎないようにすることである。強すぎるストレスは人や組織に損害をもたらすおそれがある。過度のストレス（stress）は「悪いストレス（distress）」をひき起こす。悪いストレスがかかると、人は不快なほどに神経を張りつめて、逃げるかできれば回避しようとする。手にあまるストレスに出会うと、一般的には次のような悪いストレスの兆候が出てくる。

- 物事を決められない。
- 怒りを爆発させる。
- 物忘れがひどくなる。
- 元気がなくなる。
- いつもくよくよ悩んでいる。
- ミスが多くなる。
- 死や自殺について考える。
- 人間関係がうまくいかなくなる。
- 人と交わろうとしなくなる。
- 責任を引き受けようとしなくなる。

身体と同じく精神にも、知的探求、記憶力の向上、集中、論理の組み立てなどのパターンで、定期的な訓練をする必要がある。

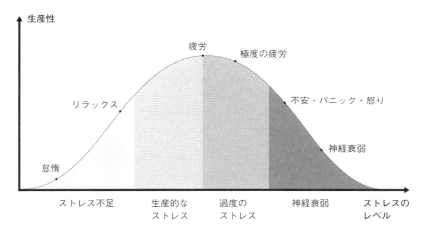

ストレスはある程度までは生産的で、ここいちばんというときに頑張る力をもたらす。だが長期間の過度のストレスは有害である。

- 注意が散漫になる。
——米陸軍 FM 3-05.70『サバイバル』2-2

このリストを補足する注意点は、ストレスは精神状態だけでなく生理的反応でもあるということである。これについては次章以降で詳しく述べよう。ストレス状態が長期化すると、高血圧や心機能障害などの体の異常のほか、薬物やアルコールの乱用などの危険な行為とも結びついて、体にさらなるリスクをもたらしたりする。そのため真正面から取り組む必要があるのだ。

本書ではストレスとその対処法を再三とりあげている。それでも、精神的な問題に思えることが、しばしば現実的に対応可能な問題であったりする、という冒頭の指摘をくりかえす価値はあるだろう。というわけで、まずは心理学用語をもちだして自己分析する前に、実際的レベルで対応可能な「ストレッサー」の存在を周囲で探してほしい。アメリカ陸軍の『戦闘と作戦のストレス・コントロール（Combat and Operational Stress Control）』マニュアルは、代表的なストレッサーを表（次ページ）にしている。

この表の「環境的」「生理的」ストレッサーのカテゴリーには、おおむね実際に行動を起こすことで、解決可能なストレス要因があげられている。そ

ストレッサーの例
アメリカ陸軍 FM 4-02.51 『戦闘と作戦のストレス・コントロール』

物理的ストレッサー	心理的ストレッサー
環境的ストレッサー 暑さ、寒さ、湿気、ほこり 振動、騒音、爆破 有毒性のある臭気（ガス、毒物、化学物質） 指向性エネルギー兵器・装置 電離放射線 感染病原体 肉体労働 視界の悪さ（まぶしい光、暗さ、もや） 悪路または険しい地形 高地	認知的ストレッサー 情報（過多か過小） 感覚の過負荷・遮断 あいまいさ、不確実性、予測が不可能であること 時間的制約・待機 難しい決断（交戦規定） 組織の力学と変化 厳しい選択と選択の余地のなさの板ばさみ 精神機能障害の認識 能力を超えた仕事 過去の失敗
生理的ストレッサー 睡眠不足 脱水症状 栄養不良 不衛生 筋肉および有酸素運動の疲労 筋肉の酷使もしくは使用不足 免疫機能の低下 病気やケガ 性的欲求不満 薬質乱用（喫煙、カフェイン、アルコール） 肥満 体調不良	感情的ストレッサー 新しい部隊への編入、孤独感、寂しさ （死、負傷、失敗または人的損失への）恐怖と心配を生じさせる脅威 悲しみを生じさせる人的損失(死別) 恨み、怒り、激怒を生じさせるフラストレーションと罪 消極性を生じさせる退屈 動機と忠誠心の衝突もしくは分離 信念を失わせる精神的試練もしくは誘惑 人間関係での対立（部隊、仲間） 銃後の心配、ホームシック プライバシーの喪失 虐待・いやがらせ 戦闘の直接体験と遺体に接する環境 殺人をしなければならないこと

第1章　精神と肉体

れどころか「認知的」「感情的」ストレッサーの多くも、現実的な配慮で克服が可能なのである。たとえば孤独感や寂しさにさいなまれているなら、完全に外面的事象なので、これまで以上に多くの人とかかわるような具体的な行動をとる必要がある。

つまり本書の中心的なアドバイスは、生活のなかで負のストレスから生じた感情を冷静に見つめて、そのストレスが身体もしくは外部世界の扱いやすい要因と関連しているかどうか、曇りのない目で見つめる、ということなのである。現実的な問題にストレッサーを見出せたら、それが克服のために手をつける核心部分となる。この考え方の原点は、アメリカの神学者ラインホルト・ニーバーが書いた、有名な「ニーバーの祈り」にある。

ストレスの影響が健康のあらゆる面に出ると、順調な生活や行動にトラブルを生じて、現実的な問題になる。

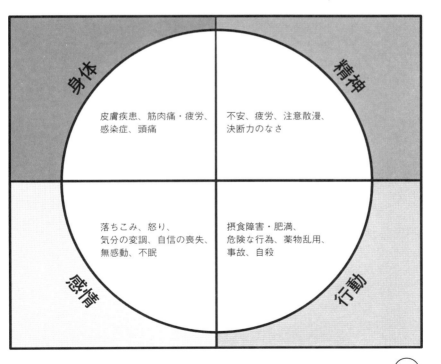

厳しい環境をくぐり抜ける自信をもつためには、適正な服装がカギとなる。イラストはどのように重ね着をすれば体温を保てるかを示している。

神よ、変えられないことを受け入れる心の平安を、そして変えられることを変える勇気をわれにあたえたまえ。また変えられることと変えられないことを見分ける知恵を授けたまえ。

演技の重要性

　本章最後のメッセージは本書の多くの議論をつらぬいており、その重要性は強調してもしすぎることはない。近代心理学の理解では長らく、心のなかでわきあがった感情が身体を通じて表現される、という見方が一般的で科学的とされてきた。となると、最初に気が滅入ってから、体がうつ状態を外に表現することになる。たとえば背を丸めて心を閉じていることを表すボディーランゲージ、しかめ面で沈んだ表情、ダラダラとした動作、どんよりとしてうつろな目といったようすである。

　ところが最近の研究で、このモデルは不適切であるのがわかった。それどころか多くの場合、心は体からきっかけを得て動いていることが明らかになったのである。体が行動すると、精神状態はそれに合うように変化する。心と体にくいちがいを起こせば、このことは容易に証明される。たとえば落ちこんでいると感じたら、あえて陰鬱

気分と反対の姿勢をとってみよう。立ち上がって胸を張り顔を上げて、口角を上げ自信ありげにかすかにほほえむ。そして手と腕によけいな力をこめずリラックスさせて、自信に満ちた歩みを力強くふみだすのだ。このようにして、落ちこんでいない人間を一貫して「演技」しつづければ、態度に合わせて精神状態もたいてい変わってくるはずだ。唐突に抑うつ状態から抜けだすのは、体がうつではないと告げているからである。

　実際この新しい知見の意味することは非常に深く、軍の人間はかなり以前から、この原理にある意味気づいていたのである。わたしはかつて、過酷な長距離行軍を終えたばかりのイギリス海兵隊の新兵グループに出会ったことがある。新兵のひとりが教官から、所定の時間内にゴールできなかったのでその訓練プログラムをやりなおして段階をパスしなければならない、と言い渡された。するとともに励んできた訓練部隊や親しくなった友人と別れることになる。若者は床に顔をつっぷすほど落胆していたが、教官が稲妻なみの速さで顔を上げたままでいろ、と命じた。そうして教官は新兵に敗北のボディーランゲージをとらせないことに成功した。むりにでも現実を認めて力強く取り組むよう、心に働きかけたのである。

あふれでる自信

　軍隊は自信を表すボディーランゲージを基盤としている。練兵場で姿勢よく立ち、徒手格闘術と銃剣の訓練で猛獣さながらの威嚇の叫び声をあげ、リーダーシップ・スクールでは明確にきっぱり命令する練習をする。アメリカ海兵隊のとある部隊は「ウーラー」の鬨（とき）の声で猛々しさを示す。このような体で表す自信の効果が積み重なって、軍人は気持ちのうえでも自信を育みやすい。

　わたしたちの日常生活にも同じ原理を適用できる。試練を目の前にしたとき、それがやっかいな問題に見えても、まずは心のなかにそのような問題をかたづけられるタイプの人物像を出現させよう。その人物のボディーランゲージ、声のトーン、歩く速さ、話をするときの手の動き、身につけている衣服まで具体的な姿を思い浮かべる。そして今度は、そのイメージと同じように自分も動いてみる。そのキャラクターを身体的レベルで演じるが、基本的に直感的にふるまい、見ていて不自然さを匂わせるわざとらしさは避ける。こうして望む精神状態にすでになって「いるかのように」ふるまえばいつのまにか、新たな指向性のあるボディーランゲージにふさわしい心境になっているものなのである。

第 1 章 精神と肉体

軍の精鋭部隊の苛烈な訓練は、身体と精神
両面の弱点を見つけだして強さに転換する。

第2章 訓練

第2章

訓練は一般市民を兵士に変える重要な段階である。この過程で新たな技能が教えこまれ、古い技能に磨きがかけられる。「厳しく鍛えて、楽に戦え」は昔からある兵士の経験則である。

訓練

軍事の世界では基本的に訓練の形式はふたとおりある。ひとつめは基礎訓練で、新兵が配属された兵科の基本となるスキルを身につける。たとえば歩兵になる者にとってそれは当然、基礎体力や、兵舎の清掃・整頓と練兵場での調練、基礎的なライフルの扱いと射撃術、小規模部隊の戦術、軍隊式の礼儀作法といったものになる。このような訓練をぶじ修了すると、軍の階級をあたえられて、専門分野の兵士が共有する知識の核心部分を教えられる。一般的に基礎訓練を終えた兵士は、スペシャリスト養成訓練を通じて技能を磨く。ここでふたたび歩兵の例に戻ると、

養成訓練は狙撃手、前進航空監視員、運転手、兵站担当、爆発物のスペシャリスト、衛生兵など、軍の広範な役割に分かれている。こうした基礎と専門技能の訓練により、軍は相互に支援する兵員の部隊を編成できる。しかもそうした部隊は戦術的に融通が利くのである。

もちろん、それがどこの所属部隊であるかによって、基礎・スペシャリストの訓練は大きく異なってくる。イギリス特殊空挺部隊（SAS）、米海軍特殊部隊シールズ（SEALs = SEa, Air and Land）のような精鋭部隊の入隊希望者は、「基礎」レベルで肉体的・精神的な限界を試されるので、両部隊では選抜訓練の合格をめざす候補生の75-90パーセントが脱落する。それどころかSASは、陸軍に所属して基礎

前ページ：軍の訓練は、新兵に本性をさらけ出させるために過酷なメニューを課している。

33

新兵は軍隊流のものの考え方を受け入れて、自己規律、精神的な回復力、チームワークを重視しなければならない。

訓練課程を修了していることを、志願の条件としているのだ。

軍の訓練では、精神的修養の観点でどのような達成を求められるのだろうか。端的にはどのような軍の訓練も、次のような目標の達成を意図しているといえる。

- 一般的または特殊な軍事的技能の知識を伝授する。
- 訓練生の性格の欠点を発見し、修正するかそれにもとづき不合格にする。
- 系列の軍の部隊もしくは編成で共有される思考や目標に、ある程度同調させる。
- 精神的回復力、自立心、主導性を育む。
- 多才な人材が統合されたチームのなかで、支障なく活動できるようにす

る。
- 統率力のある訓練生を見きわめる。
- 極限レベルのストレスに、確実に対処できる精神と身体を作り上げる。

つまるところこのリストの根源は、本性をさらけ出させたうえで望ましい気質を形成することにある。このような方法論は参考になる。というのも一般人の人格の成長を考えるうえでも、指針と訓練のヒントになるからである。

適切な姿勢

基礎訓練がスタートした直後から、教官は目の前にいる訓練生のなかに特定の情緒的資質を探している。教官が望むのは、忍耐力があり精神的に強く、

兵士がしだいに増す腕の筋肉の痛みに耐えながら、M16ライフルを濡らさないように掲げて川を渡っている。

誠実で心は広いが自分に厳しく、すぐれたユーモアのセンスがあり（来るべき試練をのりこえるために重要）、前向きな姿勢で人づきあいがうまく、必要に応じて攻撃性のスイッチを切り替えられて、しかも自分のまちがいを認められる内省性があり、問題を解決できるほど成熟した人物である。こうした資質のなかには、訓練をとおして定着したり強化されたりするものもあるが、訓練生はある程度性格的な強さをそなえて、基礎訓練の1日目を迎える必要がある。

軍の訓練に実際に参加を希望する者に最適な心理面でのアドバイスは、アメリカ陸軍のフィールドマニュアル

> 軍の訓練は、攻撃性のコントロールを身につけさせる点がユニークである。兵士は敵と確認された対象に、攻撃をくわえられるようになる。

目標設定表

目標	達成方法	予定	学んだこと
#1			
#2			
#3			

　段階的に進むように組まれたトレーニングは効果的である。目標設定表を活用して、スケジュールと1日または週単位の目標を整理しよう。

（規範）3-05.70『サバイバル』に掲載されている。この貴重なガイドラインは、生存をかけた状況にどのような心境でのぞむべきかを説明しているが、こうしたアドバイスは軍の訓練にはもちろん、人生の試練にもそのまま適用できる。

2-26　己を知る
　時間をとり、訓練をとおしてまたは家族や友人にたずねて、自分の内面性について自覚する。強みとなる資質は強化し、サバイバルに必要だとわかる部分は成長させる。

2-27　恐怖を予測する
　恐いもの知らずのふりをしてはならない。単独でのサバイバルを強いられたら、何がいちばんおそろしいかをまず考えたい。そして不安を感じる設定での訓練をする。目標は恐怖をなくすのではなく、恐怖を感じても正常に活動できるという自信をつけることである。

市街地での強襲戦術を演習するアメリカ陸軍部隊。無意識に動けるようになるまで、戦術パターンを反復する。

2-28　現実的になる

　状況を正直に評価するのをおそれてはならない。周囲の事情を、望むようにではなくありのままに見る。状況判断を希望や期待で歪めないようにしたい。生死がかかる状況に非現実的な期待をもってのぞむと、苦い失望の土台を築くことにもなりかねない。ことわざの「最善を期待しても、最悪にそなえよ」に従いたい。予想外の厳しい状況にあってうろたえるより、予想外の幸運へのうれしい驚きに適応するほうがはるかに容易である。

2-29　前向きな姿勢をとる

　何事につけても好転する可能性のあるところを探すようにする。よいところを見つけると士気が高まるだけでなく、想像力と創造力のよい訓練になる。

2-30　何がかかっているのかを思いだす

　サバイバルへの心がまえができていない者が示す反応には、落ちこみ、不注意、怠惰、自信の喪失、優柔不

断、体に限界がくる前の努力の放棄などがある。自分と自分を頼りにしている者の命がかかっていることを思いだしたい。

2-31 訓練

軍の訓練や人生経験を通じて、今日から過酷なサバイバルに立ち向かう準備をはじめたい。訓練で技能を実地体験していれば、万が一必要になったときに自信をもって使用できる。覚えておこう。訓練が現実的であればあるほど、実際のサバイバルの状況に耐えやすくなるのだ。
—— 米陸軍 FM 3-05.70『サバイバル』2-26-2-31

パラシュート訓練では、自然にわきあがる恐怖を克服しなければならないため、抑制のきく論理的思考を安全手順に集中させる。

現実的になる

このリストには、掘りさげて解説できるテーマが数多くあり、それをメンタル強化の「基礎」訓練を理解するうえでの中核とすることができる。まずは「現実的になる」という指針をとりあげよう。兵士は直面する状況に対して、非情なまでに誠実であらねばならない。というのも戦闘では希望的観測の入りこむ余地はなく、敵または戦況についての過小評価は、非情な形で暴露されるからである（次章を参照）。とくにむずかしい局面を前にしたとき、兵士はまず妥協の余地がない誠実さをもって状況に向きあい、脅威の性質もしくはさしせまった必要性を評価しな

3Dイメージング・ゲームが出現して、超リアルな「ヴァーチャル」トレーニングの実現可能性が高まっている。いずれは訓練で、現場にいるような戦闘体験に没入できるようになるだろう。

第 2 章 訓練

ければならない。その後同じく誠実に、問題の是正や困難の克服のためにとるべき行動を決断する。その際には、求められる知的技能や体力なども考慮する。

複雑な状況に対処するなら、試練を手に負える小目的に分けたうえで、実践するステップを意識的に計画し、そうした目的を順に達成するのが望ましい。とりわけ重要なのが、その計画を現実の世界で積極的に実行して、厳しいが達成可能な期限を自分に課すことである。覚えていてほしい。実行しなければ計画自体に意味はないのだ。いくら到達目標をぶちあげても、それにつながる行動をともなわなければたわ言にすぎない。兵士は、空論家ではなく実践者の生き方をめざす必要がある。

前向きな考え方

前向きな考え方の意味することには大きな誤解がある。現実主義について

教官は、新兵に問題を解決する協調性が明確に表れるのを待っている。このイラストでは、新兵の3人チームが、壁のよじ登り方をマスターしている。

トレーニング効果のアップはペース管理につきる。必要なときは集中的に活動していても、激しい運動の合間にはスイッチを切ってリラックスしたい。

第 2 章　訓練

　戦闘訓練で、この爆発の衝撃波のような現実の物理的感覚を身をもって体験していれば、それだけ実際の戦闘で対処しやすくなる。

今述べたことをふまえれば、前向きな考えを、極端な楽天主義者の考えと混同すべきではない。楽天主義者は空想を優先して厳しい真実を否定する。前向きな考え方とはむしろ、ユーモアとチャンスの嗅覚を働かせて世界を見ることなのである。ではここで自分のいる部屋または周囲を見まわしてみよう。そして以下の条件をひとつ以上満たす

5つの品物や機能、あるいは人でもよいので探してほしい。

- 見た目がきれいなもの。
- 知識を深める機会をあたえるもの。
- 問題の解決を提供しそうなもの。
- よい思い出を連想させるもの。
- 新しい冒険や趣味のヒントになるもの。

　光がまったく見えない環境なら、これらの条件をすべて満たす対象を見つけるのに苦労するかもしれない。それ

でもプラス思考になって、なんとかなりそうだと思えるきっかけを求めて周囲に目をこらしたとき、世界が違って見えて、感じ方に変化があったことに気づくだろう。それではこの視点を、メンタル強化の「基礎」訓練に取り入れよう。どのような状況であってもよく目を開いて、生産的なチャンスと美しい光景を探すのである。精神の核となる回復力が向上するはずである。

視覚化と訓練

　前項で『サバイバル』マニュアルから引用した最後の部分に、次のような記述があった。「軍の訓練や人生経験を通じて、今日から過酷なサバイバルに立ち向かう準備をはじめたい」。視覚化はそうした準備に役立つもうひとつのツールである。視覚化は無意識に行なわれることもあるが、軍ではよく正式に強化訓練で用いられている。これは瞑想状態で物事がその

第 2 章　訓練

場で起こっているように想像するテクニックで、実生活でそのような事態に直面したとき、心が実体験としてふりかえるデータベースとなる。大雑把な言い方をすると、人の知能にはコンピュータの巨大なドキュメント・フォルダのような機能がそなわっている。そのフォルダ内では、新しい体験をするたびに新しいファイルが作成される。同じ経験をするというのは要するに、そのフォルダに戻って関連ファイルをよびだし、データを追加することなのだ。訓練で特定の技能に習熟したときもデータは続々と追加される。その間にファイルには、上達のための情報が際限なく蓄積されていく。ただしまったくなじみのない状況に遭遇したときは、経験フォルダ内に利用できるファイルはない。そのため人は既存の経験を新しい状況に適用させようとする。その過程で新しい経験の新規ファイ

　演習で荒っぽいユーモアに助けられながら仲間とともに逆境を経験すると、チームスピリットが生まれて、部隊の士気の土台ができあがる。

45

ルが作られるのである。

このモデルにあてはめると、軍の教官は兵士をショッキングな戦闘の現実に立ち向かわせるための訓練をするという、特異的な難題に取り組んでいる。なにしろ訓練レベルで実戦を始めるわけにはいかないのだ。そのため解決策は、本物の死傷者を出さずに、できるだけ実際の戦闘に忠実な訓練環境を作ることになる（ちなみに精鋭部隊の訓練中の死傷者数は、5-10パーセントにもおよんでいる。それだけ実戦に即しているのだ）。最先端の訓練では、臨場感を出すために次のような手法をとっている。

• 実弾を使用して、戦闘の死と隣りあわせの危険と銃声に慣れさせる。
• 「シミュニッション」を使用する。これは殺傷能力のない模擬弾だが、あたるとかなり痛い。「敵」に向かって直接撃てる。
• 高度な特殊メークと人工器官を作る技術で、本物そっくりの戦闘による外傷を再現して、武力衝突のむごたらしさに慣れさせる。
• 街や村を再現して、戦闘環境に慣れさせる。
• 重圧がかかる訓練のシナリオで、心

極度の疲労に襲われたときは、胸のなかにパワーを供給する大型エンジンがあり、足を駆動して前にふみださせていると想像しよう。

理的にギリギリのところまで追いつめて、アドレナリンとプレッシャーへの対処に慣れさせる。

こうしたことから市民生活に応用できる教訓は、試練を想定した訓練で大きな効果をあげるためには、直面するであろう状況にできるだけ似せて再現するということである。不愉快または困難と思われる状況にも向かっていき、対処することによって心の「筋肉」を増強する――それがメンタル強化に不可欠な要素となる。ひと言でいえばつらい訓練によって、対処できるコンディション作りをするのである。

視覚化は、このコンディション作りに利用できるもうひとつのツールである。とはいえ理想をいえば、実践的な訓練のつけたしに限定すべきなのだが。特定の状況に対処するようすを想像すれば、視覚化の効果は出る。細部にいたるまでありありと思い浮かべたとき、実際に遭遇していなくても心は、その経験に対処するための新規ファイルを確実に作成できる。視覚化をマスターするためには、ある程度テクニックと練習を必要とするが、基本的には次のような原則をふまえればよい。

1　静かで邪魔されずに横になれる場所を見つける。

視覚化のトレーニングをはじめるときは、自分の体でも、とくに呼吸で上下する胸と腹の動きに意識を集中する。

2　仰向けになったら、呼吸の上下運動に意識を集中させる。息を吐くたびに、体中の筋肉が弛緩して力が抜けるのを感じる。自分の体は、夏の朝に窓際に置いてあるひとかけらのバターだと考えよう。暖かい日の光に照らされて少しずつ溶けていく。邪念が頭をよぎったら、感情と結びつけないようにする。テレビの画面を一瞬横切っていくのを見るように、ただ流れていくのを観察するだけにしよう。その後はまた呼吸に集中する。

3　5分間深くリラックスしたら、今度は取り組みたい状況の場面を思い浮かべる。重要なのはどこまでも現実に即して想像すること。心のなかで関連する光景や音、匂い、感覚、感情をすべて再現する。生き生きとした場面を作れば作るほど、その心理的効果は大きくなるはずである。

4　次にその状況にいて、自分が望むように行動をするさまを視覚化する。大勢の聴衆を前にプレゼンテーションをすることになっているなら、自信に満ちた声と態度、そして自然体の安定した姿勢でプレゼンを行なっている自分を登場させる。聴衆がそれにこたえて、双方のあいだで熱のこもった交流が行なわれる場面を目

撃しよう。創造性豊かな言葉が出てくるのを実感する。本書の冒頭に出てきた「演技」の原則を思いだしてほしい。どのようにふるまえばよいかわからないなら、心のなかで自信ありげに演説をする、既知の人物のまねをしよう。特定のカリスマ的リーダーのふるまいを行動の規範にする兵士も、多くの意味で同じことをしている。

5　視覚化の瞑想後に効果を高める心理トリックに、想像のなかの行動に物理的なアンカー（条件づけ）を設ける、という手法がある。心のなかで視覚化した行動がほぼ望みどおりになったと感じたら、右手の親指と人差し指でOKサインを作って、体の動作と行動とのつながりを形成する。視覚化の練習後にまたOKサインをすると、視覚化のあいだに生じた感情や印象をよびさませる。

6　心のなかでその状況の「リハーサル」を最後まで行なったら、5回深呼吸をして、呼吸をするたびに体を目覚めさせていく。目を開けたら視覚化の練習は終了である。

　同じ状況について視覚化の手順を反復し、くりかえすたびに思い浮かべる「場面」の正確性を高めて、そこで行

なう望ましい行動をゆるぎないものにしていく。覚えておきたいのは、視覚化は土壇場の急場しのぎに用いても、パフォーマンスを高められるということである。実際にやろうとする直前に、ただ順調にやりとげて望ましい結果になったようすを思い浮かべるだけで、現実世界での結果は向上する。

移動の視覚化　自分がきついバンジーコード（両側にフックのついたゴムバンド）で目標とつながれており、コードにひっぱられて足が勝手に進むイメージを思い浮かべる。

頭の回転の速さ

　視覚化と経験、コンディション作りは、メンタル強化の「基礎」訓練を支える構成要素となる。ではそろそろ、スペシャリストの技能と能力を身につける方法に移らなければならないだろう。

　精鋭の特殊部隊は、隊員ひとりに技能を習得させるために莫大な資本を投入する傾向があり、それが特徴となっている。膨大な時間と大金をかけて必要な幅広い知識を教えこむことによって、特殊部隊は最終的に、とてつもなく柔軟性に富んで自立した隊員の集団となる。前述のアメリカ海兵隊の『戦闘』フィールドマニュアルは、かなりの紙面をさいて軍事教育について考察している。このマニュアルは、教育を厳しい軍務につけたす任意の知的探求ではなく、軍務に不可欠なものとして見ている。リーダーの養成ではその重要度はさらに高まる。

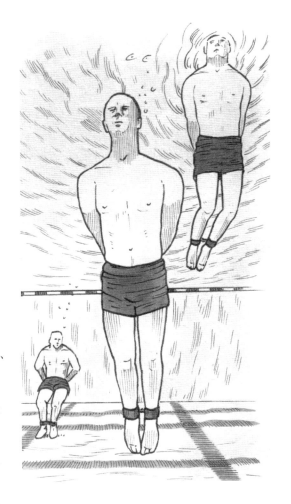

アメリカ海軍シールズの「溺死防止浮遊法」。両手首と両足首をしばられた新兵は、おしよせるパニックに対処できるかどうかを試される。

リーダーとしての初期段階は、事実上の見習い期間である。その後のキャリアをとおして役立つであろう理論と概念の基礎を身につけつつ、リーダーの卵はひたすら必要事項を理解し、特定の分野に関連する手順と技術を覚えて適用させようとする。飛行士、歩兵、砲兵、兵站専門家としての仕事を習得するのはこのときである。先に進むにつれて、彼らは懸命な努力をしてそれぞれの分野に熟達し、技能と手順が戦場でいかに関連づけられるかを理解しようとする。

この段階での海兵隊の目標は、戦いの戦術レベルでのエキスパートになることである。士官はつねにスキルアップしつづけるので、専門性をさまざまな分野に広げて、戦いの作戦レベルにまで発展させることが望ましい。このレベルで士官は、戦術と専門的技能にすぐれているだけでなく、諸兵科連合や水陸両用作戦、遠征作戦についても理解を深めなければならない。上級士官ともなると、国際的な兵力が統合される環境で、MAGTF（Marine Air-Ground Task Force、海兵隊空地任務部隊）の戦

軍の訓練に組みこまれている儀式的要素やこの制服のような象徴性は、いずれも兵士の自尊心と部隊へのプライドを育てるのに役に立つ。

闘能力をまとめ上げて投入し、一体化できる力量が必要になる。またあらゆるレベルの戦術にも精通しなければならない。（…）

　最後に、海兵隊員の各人は個々の軍職、つまり職務について研究する義務を負っている。戦争の歴史や理論といった、リーダー職の知的部分に興味も知識ももたないリーダーは、見かけ倒しのリーダーである。戦術や兵学の自発的な研究は、すくなくとも基礎体力維持と同じ重要性をもち、同等以上の時間をかける必要がある。士官ならなおさらである。いうなれば、頭脳は士官の第1の武器なのである。
　　──米海兵隊教義公刊資料1『戦闘』、
　　　　p.62

　この引用部分は、みずからが知識を深めることの重要性を指摘している。とくに推奨しているのがただなにかを知るだけでなく、正式な勉強でも独学でもよいので、その道の専門家になることだ。このメッセージはとくにメディア漬けの時代に有効である。いまはとりとめのない情報の負荷が凄まじくて、専門技術の熟達に必要な集中力が奪われてしまう。では、戦いのプロである軍が士卒を教育する方法をベースにして、知的フィットネスの特訓に次

のような要素をとりいれてみよう。

時間と練習

　すくなくともひとつ以上の知識の分野について専門家になることをめざそう。専門技術をものにするためには、訓練に膨大な時間をかける必要がある。専門家によれば、真の専門家レベルに達したいなら、特定の訓練方法を1万時間実践する必要があるという。とはいっても、そこまでかける労力を思ってたじろぐことはない。ただ功績をあげたい領域を決めればよいのだ。あとは毎日時間を設けて、そのテーマにかんする読書または研究をする。この学習の過程には、討論会への参加など行動をともなう社交的な要素をかならずとりいれる。話す、書く、読む、聞くなど、多角的な方法で取り組むと、そのテーマへの理解が急速に深まるからである。

読書の勧め

　あるテーマに詳しくなるためには、多くの時間を良質の出版物の読書にあてる。それに代わる方法はない。ここでは「良質」という言葉を強調したい。インターネット上には箸にもかからない情報が多い。それどころか本にも信用できないものがある。不正確な情報は知識ではなく無知を増幅する。それ以上にインターネット特有の性質から、

どうしても気まぐれに次から次へと話題を追ってネット・サーフィンしがちである。すると脇道にそれて情報収集はおろそかになる。そのためどんな場合も、質の高い出版物を選ぶほうが無難なのだ。でなければすくなくとも、詳細で学術的に認められているウェブサイトを利用したい。

読書を最大限に生かすためにある訓練法をとりいれよう。読書を「消極的」ではなく「積極的」に行なうのである。読書トレーニングをはじめる前に、書かれている内容のなかで求める情報の手がかりとなる質問を考える。たとえば第2次世界大戦の原因について書かれた文章を読むなら、その前に「アメリカの外交政策は大戦の勃発にどのように影響したか」を自問してみる。いざ読んでみるとほとんどの情報はこのピンポイントな質問とは無関係かもしれないが、答えを探していると、吸収している内容のちょっとしたことにも敏感になり、知識を蓄積しやすくなるだろう。

読んでいるあいだは、つねに文章の主題を心にとりこんで頭を働かせる。疑問を感じたり、ひと呼吸おいて深い意味について考えたり、自分の人生と対比して書かれている場面の情景を想像してみたり。どのような形でも高いレベルで主題の理解をうながす方法を実行すれば、読んだ内容をさらに記憶にとどめやすくなる。同時に、よく注意して記述のなかでとくに重要だと思える事実を探す。そうした事実を「槍」

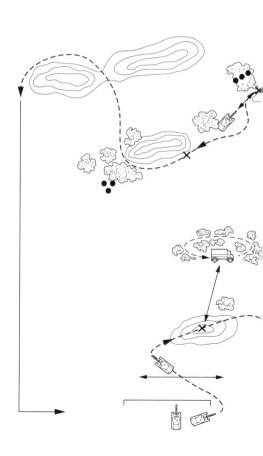

で心につき刺して、そこにほかの事実をぶら下げるのである。

　最後に、読んだものを見なおす機会を設けよう。1日間をおいてその本を開き、一度読んだ内容を斜め読みする。そして重要な事実関係を手早くさらって、核心部分を思いだそうとする。このようにしてざっと読み返せば、記憶に残りやすくなる。活用できる知識も広がるだろう。

記憶力の強化

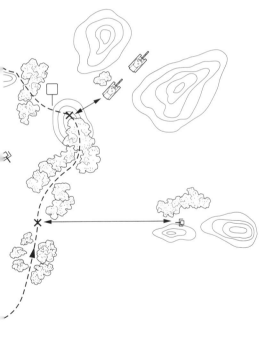

戦車長がコースを書き入れた地図。軍務は専門性が高いので、身体的トレーニングと同等の熱心さで知的トレーニングに取り組まなくてはならない。

　記憶力は知能の土台をなす資質だが、昨今は急激な減退が危ぶまれている。多くの研究結果により、インターネットを過度に使用した学習は断片的であるがために、記憶力を増進しないことがわかっている。キーボードの前にいると、結局は質問の答えを自分の知識にではなく、コンピュータにばかり求めるようになるからである。

　軍のすぐれた訓練はかならず基本原則からはじまる。テクノロジーに答えを求めるのではない。たとえば、戦場では結局たいていの兵士がGPSナビゲーション・システムに頼ることになるにしても、軍はいまだに手間をかけて、全兵士に伝統的な地図とコンパスの使用方法を教えている。先端機器に万が一の不

ライフルの分解と掃除は、重要度がきわめて高い責務である。このような機械を扱う作業は、第2の天性となって体が勝手に動くようになるまでくりかえす必要がある。

第 2 章　訓練

具合があったときの安全策になるだけでなく、知的な訓練にもなり、記憶のなかに新たな技能をきざみこむからである。記憶力を高める方法は無数にあり、それだけをテーマにした本も書かれている。次に紹介するのは、記憶力を簡単に増進できる方法である。

• **関連づけ**——リストの項目同士に、ふつうにはない関連づけをしてそのイメージを頭に思い浮かべる。たとえばスーパーマーケットで買うパン、ニンジン、チョコレートケーキ、ドッグフード、クッキーの5品目を覚えたいなら、次のように結びつければすぐに頭に入る。パンひときれに乱暴にニンジンをつき刺す。するとニンジンの先端がそのまま下にあるチョコレートケーキにつきあたり、チョコレートがそこら中にまきちらされる。すると食いしん坊のイヌが、食べかけのクッキーを落としてチョコレートを夢中になって舐めはじめ、そのうちに顔がチョコレートだらけになる。このようにイメージは意図的に通常ありえない内容になっている。視覚的描写と物同士の関係が突

トレーニング中はかならず適切な水分補給を心がけて、体が動きやすい状態を維持するとともに認識障害を起こさないようにする。

57

飛で日常性からかけ離れていればいるほど、記憶に残りやすい。

- **記憶宮殿**——この古典的な記憶術では、覚えなければならない項目を、それぞれ架空の家や建物の部屋にふり分けて分類する。たとえば戦史の専門家になるつもりなら、ひと部屋を第2次世界大戦のためにとっておく。その部屋に整理だんすがあったら、それぞれの引き出しには、大戦中の会戦の名称を書いたラベルが貼られている。引き出しを開けると、そのなかに言葉やイメージが「見えて」、その会戦にまつわる事実が思いだされる。記憶宮殿もまた頭のな

記憶力の訓練　想像のなかでそれぞれの絵を視覚的に関連づけると、順序を記憶できる。

第 2 章　訓練

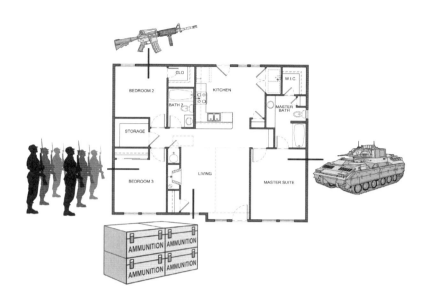

「記憶宮殿」の例。見取り図にある特定の部屋は、特定のテーマに関連づけられている。その部屋に「入って」記憶したことを「見て」みよう。

かで情報を整理するテクニックで、ただ言葉や年月日を漠然とたどるのにまかせるのではない。

- **年号の語呂あわせ**——年号や数字を覚えると決まってあやふやになるのは、そうしたものはもともと覚えにくいからである。それでも、年号を頭にしっかりつなぎとめるのに役立つ記憶術はある。なかでも手軽なのが、年号の最初の2桁をただ抜かして、下2桁用に覚えやすい語呂あわせを作る方法である。すると第2次世界大戦が開戦した年（1939年）を暗記したければ「19」は無視して「39（サーティ・ナイン）」を「スクワーティー・マイン（噴きだす地雷）」にもじって覚える。この言葉を大戦のイメージと関連づけるためには、ポーランドに進撃するドイツ兵を思い浮かべる。ところがその兵士が地雷を踏むと、爆発するかわりにクリームがスクワートする（噴きだす）。この場合もイメージがあまりに荒唐無稽だからといって、困惑しないでほしい。奇妙であればあるほど効果的なのである。

第2章　訓練

兵士にとって長い訓練の真の目的は、実際に戦闘区域に配備されたときに生かされる。

- **外国語の学習**——新しい言語の学習は、現実に外国での意志の疎通に役立つだけでなく、記憶力と論理的思考の点ですぐれた頭のトレーニングになる。昨今の職業軍隊は多額の投資をして、多数の兵士に言語教育をほどこしている。言語能力があれば、戦力の運用と諜報にメリットがあることに気づいたからである。めざましい功績を出している軍の指揮官は、たいてい多言語をあやつっている。第2次世界大戦中にアメリカ軍の中国・ビルマ・インド方面司令官をつとめたジョーゼフ・スティルウェル将軍は、スペイン語、日本語、中国語を話せた。新たな戦域に派遣されるたびに、新しい言語を熱心に習得したからである。そしてこうした言語能力のおかげで、外国政府の軍事機構の、通常なら拒否されるか限定的にしか許されないレベルにまで入りこめたのである。

- **さまざまな記憶術**——記憶を助ける工夫にはさまざまなタイプがある。とりわけ手軽なのが略語である。軍では「Air Defense Artillery（防空砲）」を略語のADAで表す。基本的に頭文字の略語で、ひと言でいえるので覚えるのに便利である。概念

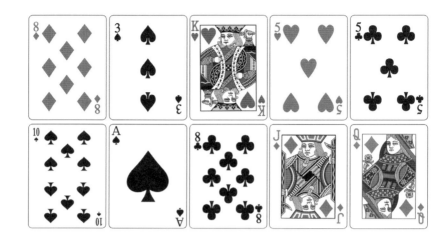

簡単な記憶力の訓練　このようにトランプのカードを順序にしたがって覚えると、情報を短時間で吸収・処理する能力が強化される。

や名称のリストを覚える必要があるなら、略語または頭文字略語を作って、そうした名称を思いだすヒントにしよう。視覚的なイメージを結びつける必要がある場合は、軍のフォネティックコード（音標字母、コラムを参照）に関連する言葉を用いて、頭のなかで視覚的イメージをともなう物語を作るとよい。

リーダーシップ

ある者は軍の序列の最下級から入隊し、ある者は最初から将校任命書を獲得しようとする。あるいは昇進して将校にのし上がろうとする者もいる。将校をめざす者は当然のことながら、人とくらべて抜きんでた資質、リーダーシップを示さなくてはならない。

よいリーダーシップの重要な特性はかなり定義がむずかしい。リーダーとしての風格がおのずとにじみ出ている人間もいれば、脇役として運命づけられているような人間もいる（人の前に立たずに従う者を批判しているのではない。リーダーの考えは、聡明で有能な補佐役の力を借りなければ、実現しないからである）。

アメリカ陸軍は、人をリーダーにする要素を解明するために研究を重ねている。それによると、同陸軍はリーダーの「属性」、つまりリーダーのある

べき姿と、「リーダーのコア・コンピタンス」、つまりリーダーとしての職務遂行能力を区別している。このモデルでリーダーは基本的に、品格と行動の観点から定義されている。陸軍のリーダーシップ・マニュアルを開いてみよう。次のような詳しい説明がのっている。

属性
陸軍のリーダーの品格

リーダーの品格
- 軍の価値観への信奉
- 共感
- 戦士の精神

リーダーとしての存在感
- 軍人らしい態度
- 強健な身体
- 冷静で堂々たる態度
- 精神的回復力

リーダーの知的能力
- 頭の回転の速さ
- 正しい判断
- 革新性
- 対人関係での如才のなさ
- 任務・職務にかんする知識

リーダーのコア・コンピタンス
陸軍のリーダーの行動

NATO
フォネティックコード
（音標字母）

A = Alpha（アルファ）
B = Bravo（ブラヴォー）
C = Charlie（チャーリー）
D = Delta（デルタ）
E = Echo（エコー）
F = Foxtrot（フォックストロット）
G = Golf（ゴルフ）
H = Hotel（ホテル）
I = India（インディア）
J = Juliet（ジュリエット）
K = Kilo（キロ）
L = Lima（リマ）
M = Mike（マイク）
N = November（ノヴェンバー）
O = Oscar（オスカー）
P = Papa（パパ）
Q = Québec（ケベック）
R = Romeo（ロメオ）
S = Sierra（シエラ）
T = Tango（タンゴ）
U = Uniform（ユニフォーム）
V = Victor（ヴィクター）
W = Whiskey（ウィスキー）
X = X-ray（エックスレイ）
Y = Yankee（ヤンキー）
Z = Zulu（ズールー）

右：制服は軍人の思考を受け入れるうえでなくてはならない要素である。外見的な印象のインパクトを過小評価してはならない。

指揮
- 他を率いる
- 指揮系統を超えた影響をおよぼす
- 模範を示して指揮する
- 指揮内容を伝える

開発
- 好ましい環境を作る
- みずからを成長させる
- 部下を育成する

功績
- 結果を出す

——米陸軍 FM 6-22『リーダーの養成（Leader Development）』2-4

　この部分には、資質と能力についての長くて妥協を許さないリストがある。このリストからわかるのは、リーダーは強烈な個性の持ち主で、部下を鼓舞するのはもちろん、行動と任務遂行に対して強い思い入れがなければならないことである。

　本書でそれぞれの資質について、順に解説する紙面はないが、アメリカ軍の各フィールドマニュアルを読むと、リーダー資質の育成についての詳しい知識が得られるだろう。それでもここであえてとりあげたいのが、リーダーシップとその養成にかんして、よく誤解されている要素である。

よいリーダーは耳を傾け、

人にまかせる

軍の指揮官としての職務を受け入れるなら、それがほかの者の意見を無視して自分の決断だけに頼ることだと、かんちがいしてはならない。とりわけ専門性が高い精鋭部隊では、よい士官と下士官は自分の決断に対する批判とフィードバックを求める。また結論を出す前に、ほかの者から熱心に専門知識を集める。だれよりも知識があると単純にうぬぼれたりはしないのだ。

だが情報収集の最後には、たとえ意見がまとまっていなくても、指揮官は自分で決断して命令を出さなくてはならないことを承知している。決断しているあいだもその後も、任務をやりとげるためには、有能な人間に自分の権

アメリカ陸軍リーダーシップ育成の構造。この構造が人格の道徳的要素の上に形成されていることに注目したい。

集団訓練では指導教官が、仲間を励まして難所を切りぬけさせる者を探している。それがリーダーの資質の重要な要素だからである。

限を委任しなければならない。自分で何もかもやろうとする指揮官は、たいていむりをしすぎて効率性を落としてしまう。

影響力

軍の小規模な部隊では、リーダーの立ち居ふるまいが部隊全体に確信、または逆に不安をいだかせる決定的な要因になる。感情は伝染する。前線でトラウマを負って立ち上がれなくなった兵士が、さっさと後方に追いやられるのにはそういった事情がある。治療目的だけでなく、不安がほかの兵士にうつるのを防ぐためでもあるのだ。同様にリーダーは、たとえ内心では立場について不安や責任を感じていても、冷静さや確信、おちつき、勝利への期待を、ことあるごとに物腰や決断で表現する必要がある。ここで前に概略を述べた「演技」の原則が役に立つ。人目を意識してリーダーらしくよそおえば、部隊に指導力を示せるのである。

迅速な行動

次章でもとりあげるが、戦闘は意思決定者にとってとくにミスの許されない環境である。武力衝突は多くの場合、

第 2 章 訓練

情け容赦のない形で突発的に起こり、新たな方向に進展しつづける。このような環境で指揮官は、迅速な決断をくださなくてはならない。決断はしばしば不完全な情報をもとにくだされるが、何も決められずにいるよりは、完璧でなくても腹をくくったほうがましなのである。

部隊によっては、問題に対して3とおり（これ以上多くても少なくてもいけない）の解決策を考える方法をとっている。指揮官はそのなかからいちばんうまくいきそうな選択肢を選ばなければならない。「いちばんうまくいき

アメリカ海兵隊の選抜射手（DM）。狙撃任務は高いレベルの自己規律と戦術の理解を必要とする。

第2章 訓練

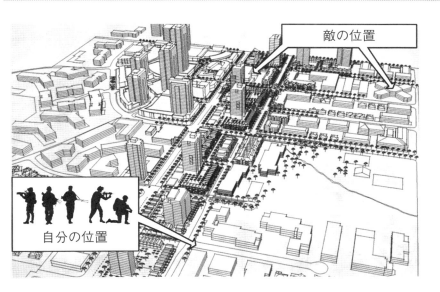

リーダーは戦術を考える際、敵を迂回またはめざす機動ルートを視覚化しなくてはならない。計画の失敗も当然ありえることとして考慮する。

そうな」という表現に注目してほしい。戦闘で100パーセント保証される決定はめったにない。そのため指揮官は成功のチャンスがもっとも高い選択肢を選んだら、配下の兵が機転をきかせて計画の不備を切りぬけるのをあてにするしかないのである。

明確な意思伝達

指揮官はコミュニケーション能力にすぐれていなければならないが、だからといって最新の学術用語を使って話せばよいというわけではない。逆に軍の指揮官は、平易ですぐに理解できる言葉づかいで、任務の目的を明確に伝えなければならない。短くきっぱりした言葉で、わかりにくい専門用語は使わない。全員が任務の目的をのみこんでいれば、個々の兵士が指揮官に代わって、みずから決断し目的を達成する確率が高くなる。

すべての人間がリーダーの地位にふさわしい性格ではないが、地位について役割を果たし周囲からたえず学んでいくうちに、指導力は身についたりもする。アメリカ軍はリーダーシップ育成の過程で、自己分析を勧めている。自分の長所と弱点を認識して、長所をのばし弱点を改善できるからである。そうした自己分析テストの一例を掲載

した。一般的な性格診断として行なう価値はあるだろう。「自己を知る」ステップの次に、リーダーとしての成長があるのである。

爆発物処理（EOD）班の兵士には、危険ではなく作業に集中するような、ものに動じない性格が必要である。

第2章 訓練

自己分析にトライ

　次の項目の空欄にあてはまることを、できるだけ具体的に考えよう。その結果を自分の強みとなるユニークな面と成長を必要としている面を知る手段として利用したい。

強み

わたしがとくに得意とする技能または能力は _____ です。

成功のために、なによりも頼りになるわたしの資質は _____ です。

わたしが知識が豊富なのは _____ です。

楽しみにしている活動は _____ です。

もっと学びたいと思っているのは _____ です。

誇れる功績をひとつあげるとしたら、それは _____ です。

よく人に _____ を手伝ってほしいと頼まれます。

人には _____ の地位がふさわしいと思われています。

成長を必要とするもの

わたしがいつも苦手としている技能または能力は _____ です。

_____ については必要な知識が不足しています。

よく人に _____ を手伝ってほしいと頼みます。

なによりイライラする状況は _____ です。

_____ をしようとするときほど、億劫に感じることはありません。

自分についてとくに心配なのは、_____ です。

人には _____ が下手だと思われています。

もしわたしが _____ なら、所属組織での評価は高まるでしょう。

——米陸軍 FM 6-22『リーダーの養成』4-5

第**3**章

敵と命をやりとりする対決は、人として究極の体験となる。多くの兵士にとって正念場となるため、訓練時にも、あるいは心理的にも大きな重圧がかけられる。

交戦

いっさいを粉砕せねばやまぬ砲火を浴びながらもふだんと変わらぬ秩序を保ち、虚構の恐怖に驚かず、現実の恐怖を着実に克服するような軍、勝ち戦には意気揚々として勝利を誇るが、さりとてまた敗戦の混乱のさなかにも服従心や、指揮官に対する尊敬と信頼の念とを失わぬような軍、困苦と窮乏とによって鍛えあげられた体力があたかも競技者の隆々たる筋力さながらであるかのような軍、かかる困苦を軍旗に負わされた呪いと観ぜずに、むしろ勝利の栄冠を獲得するための手段とみなすような軍、これらいっさいの義務と諸徳とを、

軍人の名誉というただ一個の観念の顕彰を旨とする簡明な教理問答表によって、軍人の脳裏に喚びさますような軍、——このような軍こそ軍人精神によって貫かれている国軍というべきである。
——カール・フォン・クラウゼヴィッツ『戦争論 上』（篠田英雄訳、岩波書店）pp.274-275 より訳文引用

　兵士が戦闘にいやいやのぞんでいるというのは、市民社会によくある誤解である。戦闘技能を忠実に習得していれば、大部分の兵士にとってはたんにその証とするためにも、戦闘は熱望してやまない体験となる。この傾向は徴兵された者よりも志願兵にとくに強い。いったん、そして何度も戦闘を経験すると、こうした血気は治まっていくも

前ページ：ひと口に戦闘といっても、白兵戦から長射程の狙撃までその種類は多様である。

戦場の指揮は孤独な責務である。リーダーは、戦術で配下の者を危険な任務に送りだす勇気を必要とするだけでなく、度胸のある人物でなければならない。

のだが、なかには戦闘行為のアドレナリンの虜となって、平和な生活に戻るのに苦労する者もいる。

　冒頭の文章は、プロセインの軍事思想の巨人、カール・フォン・クラウゼヴィッツのものである。この引用文のなかでクラウゼヴィッツは、力強く「軍人精神」とよぶ言葉の意味を明らかにしている。本章はそのなかであげられている要素について議論を深めながら、戦闘と外部的な敵の抑圧に必要な精神的特質に焦点をあてていこう。

攻撃性のコントロール

　戦闘は究極の暴力であり、暴力が感情抜きで行使されるのはまれである。このことは否定できない。ひとりの人

間に接近して命を奪う行為は強烈な体験になる。ただしそうした経験への反応は千差万別である（それについては最終章が詳しい）。軍は青年男女に攻撃性のコントロールを教えこもうとする。それはつまり、暴力に必要な攻撃的本能を目的にそった対象に向けるということである。現代の軍隊では、攻撃性をコントロールできる兵士しか現場に配備されない。

抑制不能な攻撃性は、結果的に戦争犯罪につながることもある。1968年3月16日、アメリカ陸軍の第23（アメリカル）歩兵師団第11旅団第20歩兵連隊第1大隊C中隊の隊員は、南ベトナムのソンミ村にあるミライ集落に到着した。この中隊は仲間を失う戦闘に何カ月も苦しみ、中隊長の力不足

現代の軍隊が入手する戦場の情報は、かつてない水準に達している。有用ではあるが、データ処理をはるかに上まわる量が集まることもある。

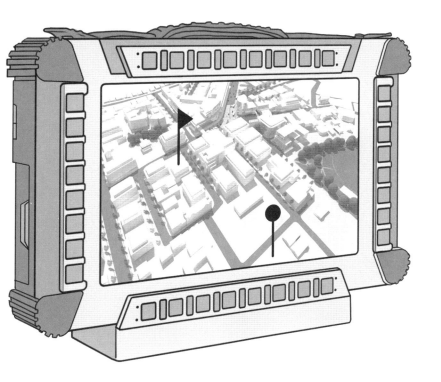

狙撃手と弾着観測員のチーム。弾着観測員は、命中精度を高める重要な情報を伝えるため、狙撃手と同様1発の成否を左右する。どちらの役割にも冷静な判断力が必要になる。

第3章 交戦

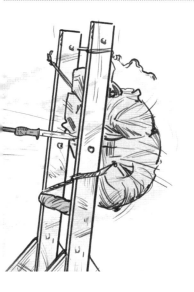

銃剣訓練はごく単純な形式で行なわれる戦闘訓練である。テクニックも大事だが、なによりむき出しの攻撃性が重要となる。

まちがいなく人として最悪の行為を生む土壌となるからである。それでも一流の軍が配備する兵士は、凄まじい火力の投入と人道支援を数分間で切り替えられる。そのようなことがどうして可能なのか、その方法論を貴重なヒントにすれば、アドレナリンの手なずけ方の一般的な原則を導きだして、結果につなげられるだろう。

では攻撃性のコントロールとはどのようなことなのだろうか。このテーマへの切り口として役に立つのが、1943年にアメリカ陸軍が出版した、その名もズバリ、『銃剣（Bayonet）』である。同書の「銃剣の精神」と題された導入部分は、攻撃性のコントロールの基本原則を説明している。

　白兵戦で敵と相対し倒そうとするのが、銃剣の精神である。その源にあるのは戦闘員の自信と勇気、断固たる決意であり、厳しい訓練である。訓練をとおして各兵士の闘争本能は、最高点にまで引き上げられる。訓練で最初に銃剣を使ってみようと思うのは、その扱いが巧みになりはじめたときで、自信がつくにしたがってその気持ちは強くなる。体がじゅう

のために衰弱しており、ミライの村民を襲うと、思うままに身の毛もよだつ行為をくりかえした。おそらくは数時間のうちに子どもをふくむ504人もの男女が、残虐きわまりない方法で殺害された。この蛮行は世界に報道され、アメリカ社会を震撼させた。このような戦争犯罪に走らせた心理的原因はひと言では説明できない。ただ、それ以前の数週間で兵士の心のなかでは攻撃と復讐への欲求が増幅していた。それが意志薄弱でみずからも犯行におよんだ中隊長の命令によって、解き放たれたというのが有力な説となっている。

　戦闘にはかならず邪悪な瞬間がつきまとうだろう。なぜなら暴力的環境は

準備段階。兵士が長い時間をかけて念入りに武器の修理やメンテナンスをするのは、戦闘中の致命的な故障を防ぐためである。

> ぶんできあがって、武器扱いにかんするゆるぎない自信がつくと、銃剣の精神は最終表現に到達する。つまり、苛烈で情け容赦ない敵の撃破である。破壊的な爆弾や砲弾、銃弾、手榴弾による攻撃は、銃剣攻撃に先行する援護であり、敵は銃剣にひるんで戦意を喪失する。
> ——米陸軍 FM23-25『銃剣』、p.1

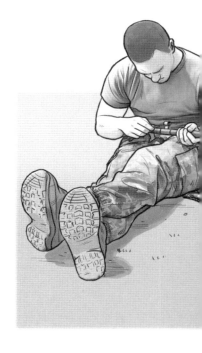

　この引用部分は、訓練と「闘争本能」の密接なかかわりを主題としている。兵士は銃剣をうまく扱える自信が出てはじめて、武器の潜在能力を生かし理性的に使いこなせるようになる。このような視点から見ると、訓練は兵士の攻撃性をやわらげるのではなく、まぎれもなく顕在化させるのである。

　このマニュアルは1943年に書かれているが、敵に攻撃性を集中させる方法論は、多くの意味で現在の考え方と重なっている。訓練はたしかに非常に重要である。精鋭部隊や特殊部隊の訓練で弾薬消費率がきわめて高いのは、実弾演習場のなかで可能なかぎり実戦に近い射撃をしているからである。人間の標的（でなくても人間型の標的）にトリガーを引く動作をくりかえし、日常的に続けているうちに、発砲の動作は知的・身体的記憶の奥深い場所にきざみこまれて、必要になったときにほとんど意識せずに出るようになる。そうなると訓練が十分な兵士は、訓練におとる兵士より発砲も反応も速いことになる。この事実を軍の精鋭部隊は大いに利用している。

　つまり攻撃性のコントロールでカギ

第 3 章　交戦

となる要素は、質の高い訓練なのである。そうした訓練で、アドレナリンは目的のある行為に向けられる。この原則は市民生活にも応用できる。手強い「敵」、つまり困難な状況に対処しなければならないなら、その脅威に立ち向かうために徹底した訓練と練習をする。たとえば仕事の会議でプレゼンをすることになっていて重圧を感じるなら、

準備の段階で予想される質問の答えを練習する。ただし、自信と確信をもって答えがすらすら出るようになるまでくりかえす。そして人に見られない場所で実際に会議のリハーサルをする。その際はボディーランゲージで自信を表し、声をむやみに張りあげないようにして、考えの筋道を明らかにすることを重視する（ここでもまた第 1 章で

暴動鎮圧の任務のように、兵士が殺傷と非殺傷の選択肢をスムーズに切り替えなければならないケースもある。

述べた演技の原則が有効になる)。

　ここでは反復の要素が欠かせない。動作が完全に自分のものになるまでくりかえそう。ただしシナリオを少しずつ変えて、予想外の状況に適応することにも慣れるようにする。知識だけの準備でよしとしない。情報は重要で有用だが、自信ありげな伝え方も組みあわせる必要がある。ここで実演の練習が効果を発揮する。レックス・アップルゲートは、アメリカの戦略情報局(OSS)の将校だった。有名な教本『殺るか殺られるか(Kill or Get Killed)』は1943年の彼の著書で、のちにアメリカ軍の公式マニュアル(FMFRP＝艦隊海兵軍参考資料公刊物12-80)として出版された。そのなかでアップルゲートは、徒手格闘技の世界においては、本の知識だけでは絶対に通用しないと述べている。

　どんなにわかりやすく図解して説明している教本で学んでも、それだけでは戦い方を身につけられない。せいぜい入門的な教材として使える程度である。実践的な知識を獲得する道は、密接な指導のもとで行なわれる猛稽古以外にない。楽な方法や近道はないのだ。練習は、技を無意識にくりだせるようになるまで徹底して行なう。戦闘の切迫した場面では、いったん休止して考える暇はめったにない。人を投げ飛ばせることと、その方法を知っていることには雲泥の差があるのだ。
——米陸軍FMFRP 12-80『殺るか殺られるか』、p.4

ここでポイントとなる文は「練習は、

第 3 章　交戦

技を無意識にくりだせるようになるまで徹底して行なう」である。このことは、純粋に身体的行動にあてはまるように思えるかもしれないが、精神的または社会的な行動の枠組みでも有効である。基本的にこのような訓練の目的は、身につけたい行動を習慣的反応、つまり必要に応じて無意識に出せる行動に変えることにあるのだ。

敵との対決

戦闘環境の現実は甘えを許さない。過失や誤算は、死者や負傷者という冷酷な形で暴かれる。ゆえに練度の高い

紛争地域では、脅威の可能性を示す体の動きをひとつも見逃さないように目を光らせなければならない。この人物が出そうとしているのは、携帯電話かもしれないし銃かもしれない。

81

兵士は、全体と敵を曇りのない目で見てそれに応じた戦闘を計画できるという、重要な特質をそなえている。

兵士は何をおいても敵をみくびってはならない。訓練前は、敵は静止した標的なので、自分が移動しても銃をかまえてもつっ立ったままだとかんちがいしている者も多いだろう。このような考えは、適正な訓練と作戦経験によって即刻消滅する。敵はこちらの動きを読んで反撃してくる存在で、独自の戦術で先手をうつことが可能であり、敵（自分）を積極的に出し抜こうともする。そのため敵同士がぶつかりあうときは、ふたつの集団が終始知恵をしぼって、臨機応変に互いの裏をかくことになる。

ここに部隊戦術の真髄がある。戦闘の指揮官は、部隊をつねに攻撃または防御に有利な場所に移動させなければならない。一方敵も同じことを試みている。さらにはタイミングをみて、敵の弱点にあらんかぎりの火力を浴びせて圧倒し、撃破する。この過程で指揮官と兵士は敵の身になって考えなくてはならない。敵の立場だったらどうするかを推測するのである。

それは思うほど単純なことではない。敵はまったく違う文化的背景をもっているかもしれない。たとえ戦術は中立的であるはずでも、戦術的な決定が文化的背景に染まって、影響を受けることもあるのだ。

射撃チームでは、各メンバーが異なるタイプの火器を携行する。脅威へのさまざまな射距離に応じて、火力を柔軟にくりだすためである。

第2次世界大戦中の太平洋戦域でアメリカ人は、昔から戦術の大前提である生存が、日本軍ではあまり重視されていないという事実に慣れなければならなかった。

例をあげると、1943年11月にアメリカ海兵隊がちっぽけなタラワ環礁を強襲したとき、4800人以上いた日本兵のうち、捕虜になったのは146人だけだった。しかもそのうち129人が設

第3章　交戦

営隊の作業員だったのである。ほかの者は最後まで戦って死んでいった。ことに玉砕戦術は、アメリカ軍を当惑させて震えあがらせた。おかげでアメリカ軍はもっぱら、敵を圧倒的にしのぐ火力をそそぎこんでから、火炎放射器や爆発物をたずさえて日本軍の陣地につめよる戦術をとるようになった。敵の士気を崩壊させるのではなく、爆弾と銃弾で一掃したのである。

　レックス・アップルゲートは、そうした問題について率直な意見を述べている。

　現代の戦闘区域では、とかく戦闘員と市民の区別がつきにくい。兵士は親しみやすさと警戒心のバランスを保って、一方に偏らないようにしなくてはならない。

83

　このような敵に出会ったアメリカ兵は、自分が受けた教育や宗教的信念とはかけ離れた行動様式をとらざるをえなくなる。戦いに勝つつもりなら、そしてほんとうに自分が生き残るつもりなら、白兵戦のあらゆる汚い手を知っておく。とはいえ敵もそのようなことは先刻承知である。汚い手には汚い手をもって対抗する。

　「援護」にあたる者は、ほかの部隊のために安全確保と監視を行なう。イラストでは狙撃手が、地雷を撤去するEOD（爆発物処理）班を援護している。

　さらに主導権をにぎったら、今度は敵兵に負けない無慈悲さで切り返す。ぐずぐずしていれば、自分が攻撃されるだろう。ほんの一瞬のことなのである。道徳についてどうこう議論

している暇はない。

　白兵戦ではいまやらなければ後はない。敵が同国人であるときも同じ原則があてはまる。残忍な犯罪者が逃亡中、あるいはその犯罪者が破壊活動分子の仲間とともに地域社会に攻撃をかけるまであと1時間もない、といった場合である。敵兵、危険な犯罪者、第5列員（敵のスパイ）のいずれの場合も、敵は本気で勝負している。好むと好まざるとにかかわらず、相手の得意分野でたたかなければ、敵を打ちのめしてわれわれの一定の水準を守ることはできない。
——米陸軍FMFRP 12-80『殺るか殺られるか』、pp.vii-viii

　アップルゲートが力説しているのは、敵をしのぐための情け容赦ない姿勢、そして決して敵を過小評価しないが、しかるべきタイミングが到来したらつぶしにかかることである。では、優位になるためには、おもにどのような精神的ツールが必要になるのだろうか。

戦闘ストレスへの対処

　戦闘はまさにアドレナリンが大量に放出される体験である。兵士の説明によれば、高揚感から恐怖、憎悪、困惑、満足にいたるまで、戦闘の展開と結果によって気分はめまぐるしく変化する。緊張状態であるのはまちがいなく、体はこうした状況にむずかしい適応を強いられる。そのメカニズムについて、フィールドマニュアル『サバイバル』

戦闘をするしないの判断は、状況をどう解釈するかによる。この車両はただ放置されているのだろうか、それとも待ち伏せ攻撃のバリケードとして置かれているのだろうか。

は次のように説明している。

　体はストレッサーに反応して、「闘争か逃走」のいずれかの行動に移る準備をする。この準備のあいだに体内のすみずみまでSOSが送られる。SOSに応じると、体は次のような変化を起こす。
- 体がたくわえている燃料（糖分と脂肪）を放出し、すばやくエネルギーを供給する。
- 呼吸数が増えて、血液中の酸素量を増やす。
- 行動にそなえるために筋肉の緊張を高める。
- 血液の凝固作用が活性化して、創傷からの出血を減少させる。
- 感覚が鋭くなり（聴覚が敏感になって瞳孔が開き、嗅覚が鋭くなる）、周囲の異変に気づきやすくなる。
- 心拍数が増え血圧が上がって、筋肉への血液の供給量を増やす。

——米陸軍FM 3-05.70『サバイバル』2-6

部隊戦術は360度の警戒を可能にする。イラストの各兵士には、監視と反撃の区域が割りあてられている。

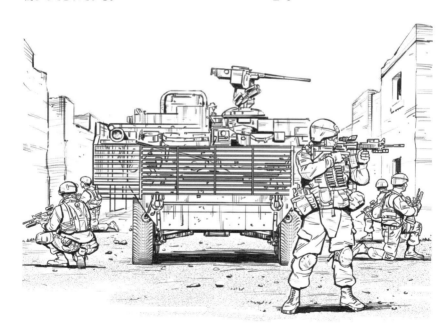

第3章 交戦

作戦規律の5つの重要要素。匂い、火、音、ゴミ、光。どれもが観察眼が鋭い、または接近している敵に居場所を教える手がかりになる。

戦闘ではこのような体の反応が実際に、目的を果たすうえで役立っており、エネルギーや活力、回復力を増強している。だがこうしたものは徐々に消耗していくので、頭の切れがなくなると、戦術やサバイバルにかんする決断を誤ることもある。したがって、攻撃性と同様にストレスのコントロールも必要になる。そのための方法はいくつかあり、そうした方法は、市民生活のストレスの多い状況でも同じように適用できる。ここで提案する方法は、現実の戦闘を経験した兵士の証言にもとづいていて、軍が兵士に直接あたえるアドバイスにものっとっている。このことを心にとどめてほしい。

- **意識的な状況説明**——声に出してまたは心のなかで、直面している状況を明快な言葉で筋道を立てて説明してみる。その際は短い文を使うことを重視する。たとえば地獄のような銃撃戦のさなかにいる兵士なら、こういうだろう。「われわれはこの陣地に釘づけにされている。死傷者が出て、遮蔽物も破壊されつつある。そのため陣地を移動する必要があるので、援護射撃を受けながら敢行する。それには援護射撃をするグループを決めて、移動先の場所を確認しなければならない」。頭にあることを大きな声で、そしてコンピュータのように淡々と表現すると、兵士は苦境を理性的に評価しやすくなり、

感情だけでなく事実にもとづいて迷わず判断できるようになる。

- **呼吸**——ストレスがかかると、呼吸が激しく乱れて血流中の酸素レベルがはなはだしく低下し、その結果判断力が鈍る。そのため呼吸することを思いだし、遮蔽物の陰で大きく深呼吸をして、酸素を補給すると同時に思考力をとりもどす。
- **行動志向**——ストレスは、恐怖で身をすくませることもあれば、驚異的な行動の原動力になったりもする。後者に傾くためには、絶望的な消極

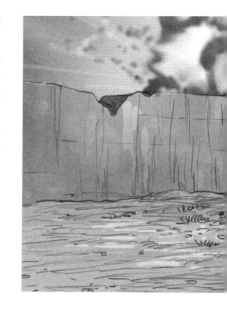

側面攻撃の略図。戦術は単純明快に作られるが、実行されるのはそれよりはるかに複雑な現実である。

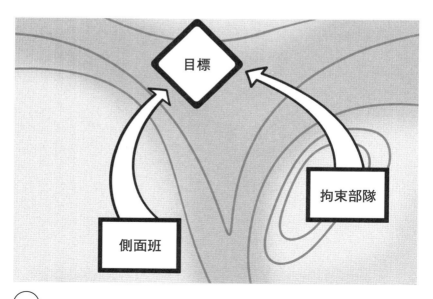

第3章　交戦

戦闘中はつねに遮蔽物の陰に隠れることを考えて、遮蔽物のあいだをすばやく移動する。

性にひたるのではなく、ただひたすら積極的な行動に出る。混乱のなかでも兵士は目前の目標を見すえて、目標を実現する行動の道筋を探さなくてはならない。集中する対象があるために、ストレスにがんじがらめにならずに、ストレスを行動につなげやすくなるのである。

リーダーシップ

あらためていわせてもらおう。リーダーシップは部隊の任務の成功でもとくに戦闘において、決定的な役割を果たす。将校とその配下の下士官はいつ

いかなるときも自信を示し、疑問の余地のない決定をして、ふだんの冷静さを保たなければならない。部隊内では恐怖と不安は感染しやすいが、将校の態度が原因になったとき、この病気の広がりはとり返しのつかない結果をまねく。

戦術的に有効な意志決定をするリーダーの特質と思われるものには、ある共通の特徴がある。ここではなかでも重要度が高いものについてふれよう。だが覚えていてほしい。こうした特徴

89

リーダーシップの育成

　次のアドバイスに従えば、各人が指導力を客観的に自己評価してその向上に役立てられる。

自己開発のための状況分析

　過去2年間をふりかえり、自分の強みと努力が必要な部分について気づかされる経験をあげてみよう。重大な決断でも、自分が指揮した、またはかかわった重要任務、あるいは大きな意味をもつ人間関係でもよい。以下の質問を利用して、それぞれの状況を分析しよう。

- それはどんな状況だったのか。何が起こったのか。そこにはだれがいたか。
- 目標は何でそれに到達できたのか。達成しようとしていたのはなにか。それに必要な力量または技能で自分にそなわっていたもの、もしくはそなわっていなかったものはなにか。
- 自分はどのように話し、考えたのか。適切な言葉を見つけて思った内容を伝えられたか。そのとき何を考えていたのか。気分がよくなった（自信がついた、胸が高なった）ことと、悪くなった（とまどった、悩んだ）ことはなにか。
- どのようなことをしたのか。どのようにふるまったのか（ボディーランゲージもふくめて）。ほかの者はどう反応したか。自分はその状況を改善したのか悪化させたのか。ほかの者の反応にもとづいて行動を調節したか。
- どうしてそのような行動をとったのか。どのような知識や技能のおかげでそのように行動したのか。
- その状況によりよく対処するためには、何が役に立つか。
- 自分の強みをどのように利用すれば、よりよい結果が得られたか。
- 自分に向上を必要としていて、自己開発を最優先すべき部分はあるか。

――米海軍『海軍の潜水戦闘員と教官の手引き（Naval Swimmer and Instructor's Manual）』8.5

はリーダーの資質だが、本来将校に限定されるものではない。むしろ冷酷な敵に向かって突進しなければならないすべての兵士にあてはまるのである。チームを統率する能力ではあるが、実際にはみずからを導く能力でもある。と、このように論じているのは、前述した海兵隊の『戦闘』フィールドマニュアルである。このマニュアルは、軍隊的思考について理解したい者にとって必読の書といえる。

スピードと集中

スピードは、敵と比較して移動速度で勝っており、敵の反応がまにあわないすばやさで機動することを意味する。1940年のドイツ軍の電撃作戦が敵を翻弄したのは、装甲部隊による縦深突撃と近接航空支援を組みあわせたためで、対するイギリス、ベルギー、フランスは不意打ちをくらって、役立たずの防御陣地に封じこめられるか（多くの場合そうした陣地をドイツ軍はただ迂回した）、防御陣地になる場所を求めてどこまでも退却しつづけた。さらにスピードは集中をともなっていた。つまり移動するにしても、限定的な対象に向かってなだれこんだのである。集中について『戦闘』は次のように述べている。「われわれは共通の目的を協同で達成して、集中を実現する。これは戦力のあらゆる要素にあてはまり、

このはさみ撃ち攻撃の図では、正面攻撃が敵をその場に「拘束」し、別の2個班が防御に弱い敵の側面をついている。

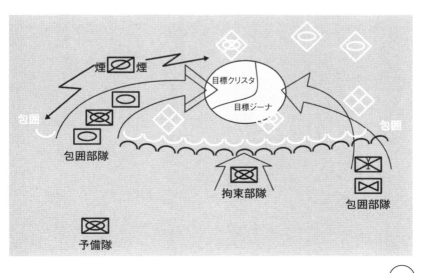

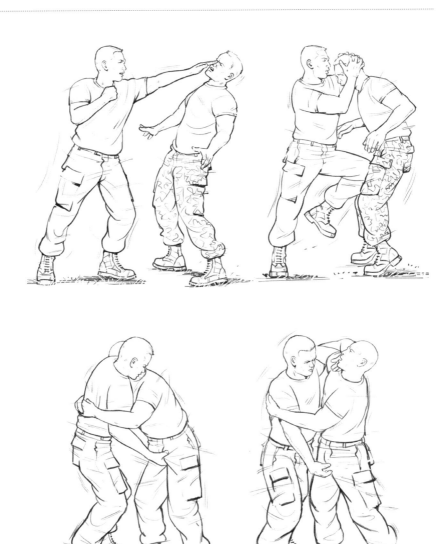

第3章　交戦

軍隊式の徒手格闘術は、いかなる類いの社会的ルールにもしばられない。どの攻撃も、敵を弱らせるか殺傷することを目的としている。

地上戦闘や航空、後方支援の部隊の連携なども行なわれる」。したがって集中で肝要なのはチームワークである。戦闘部隊の有能なリーダーは、関連するすべての分遣隊と協力しようとする。手柄をたてようとするひとりよがりの行動で、計画全体を危険にさらすようなまねはしない。

スピードの効果は、テンポのよさでも強化される。テンポは時間の経過をともなうスピードのことで、テンポを維持すれば、敵はつねに息つく暇もなく、主導権を奪還できなくなる。注意したいのは最大限のスピードは無限に保てないが、適度なスピードでのテンポは長続きして、戦況を全体的に有利に導くということである。ここでの市民生活での教訓は明快だ。人と争う状況になったら、目標を定めてすばやく行動し、テンポを維持して敵を圧倒し消耗させる、ということである。

奇襲と大胆さ

奇襲とは「敵を予想外の出来事で混乱させて、抵抗力までも奪うこと」（『戦闘』p.42）である。奇襲はおもに３とおりの方法で成立する。欺瞞、撹乱（敵が解釈に苦しむような機動）、

基本的な格闘技のかまえ。胴体とあごを守るために両手をガードの位置に上げて、すばやく動けるように両足を前後に開いている。

93

上：兵士は即断する必要に迫られることがある。接近してくる車両は、迷いこんだ市民のものだろうか、それとも攻撃してくる自動車爆弾だろうか。

　隠密行動である。その成否は、敵を狼狽させてその反応を利用できるか否かにかかっている。奇襲を成功させるのはむずかしい。とりわけ敵が分別をわきまえていれば、相手が何をもくろんでいるかを探っているからである。それでも規模の大小にかかわらず、不意打ちをかけることは可能である。

　かつてベトナム戦争で戦ったアメリカ海兵隊の元将校から、南ベトナムのジャングルの小道で、ベトコン（南ベトナム解放民族戦線の俗称）の集団を待ち伏せて奇襲した話を聞いたことがある。この将校は、攻撃を受けたベト

第3章　交戦

コン兵は小道の向こう側にある水路に飛びこんで身を隠すだろうと予測した。そのためベトコンがこの地域に進入する前に、水路の底にデトコードをしかけておいて、伏撃に情け容赦ない決着をつけようとした。ちなみにデトコードとは、爆破薬に爆発を伝達する導爆線である。案の定ベトコンは、いきなり降ってきた小火器の銃弾からのがれ

下：有能なリーダーは「戦雲」を見通して、明快で的をしぼった命令をくだし、部下を目的のある行動に導く。

るために深い溝に飛びこんで、デトコードに吹き飛ばされた。

　それより規模にまさる例に、第2次世界大戦下のヨーロッパで、連合軍が壮大なスケールで展開した作戦がある。連合軍はノルマンディをこの大戦の第2の前線にする計画を隠そうとして、欺瞞や撹乱、隠密行動を旨とする戦術を実行した。ノルマンディ上陸作戦は1944年6月に発動された。

　大胆さは奇襲と密接に関連している。「戦い本来の不確定さを躊躇せずに利用して、瑣末的な結果より重要な結果を追求する、それが大胆さの特徴である。…大胆さはいかなる場合も臆病さをしのぐ。ただし大胆さがそのまま攻

> 戦闘でパニックになる者もいる。部隊のほかの隊員には面倒をみる義務があるが、戦闘中は各自の任務に集中しつづけなければならない。

第3章　交戦

撃的行動と一致するとはかぎらない。敵がとり返しのつかないミスをしたのに乗じて攻撃に出るという、冷静かつ慎重な忍耐強さも、大胆さのひとつの形であろう。大胆さは確固たる状況判断にもとづいている。状況を把握してから行動するのである。つまり、判断を交えなければ、大胆さは無謀さと紙一重になるということである」（『戦闘』p.44）。

大胆さと奇襲は、市民生活にとりいれても同様にめざましい効果を発揮する特質である。たとえば起業家精神の歴史を見てみよう。現実にすばらしい利益を出しているのは、たいてい因習を無視した者、もしくはすくなくともしばられていない者だという歴然とした証拠が見出せる。しかもそういった

プロの兵士は知覚が鋭い。トラブルをかぎつける第6感のようなものは、たいてい苦難をくぐり抜けた経験から得られる。

起業家は、斬新で物議をかもす計画に打ちこんでいる。むろん、そうした野心の大半は失敗に終わっているが、歴史に残る事業的成功をおさめた例も現にあるのだ。

重心と重大な弱点

「重心」は敵の弱点の判断に役に立つ概念である。軍事的な考え方では、敵は均質な存在ではなく、さまざまな物理的、道徳的、人間関係的な要素が入り混じっていて、全体を統合すると重要な面とそうでない面があるとされている。『戦闘』ではその意味が具体的に明らかにされている。「敵にとって重大な要素はなにか。敵にとってなくてはならないものはなにか。もし排除したら、われわれの意志に敵を早急に屈服させられるものはなにか。そうしたものが重心である」

たとえば敵の通信システムが重心であるかもしれない。サダム・フセイン軍は、1990年から翌年の湾岸戦争でこの事実を思い知らされた。連合軍の航空機が徐々にイラクの指揮統制システムを崩壊させて、軍の「視力」を奪い、多国籍軍の機動への反撃の連携を実質的に封じこめたのである。軍の狙撃手は敵の将校を特定して一撃を浴びせることに神経を集中させるだろう。なぜならリーダーシップは概して、どのような軍の編成でも重心となるから

主導性と決断力は、平時でも戦闘中でもきわめて重要である。戦場で兵士は、指揮官の意図の範囲内で主導性を発揮して作戦を遂行し、任務達成のために強い決意をもって動かなければならない。このことは「戦闘行為」が敵に向かって弾丸を放つことでも、戦闘用装備の整備と修理をすることでも、戦闘部隊に必要不可欠な食料や弾薬、燃料を運ぶトラックを運転することでも変わらない。とはいえ、主導性は「たとえまちがっていてもあえて断行する」ことではない。

主導性のいきすぎは適正な決断力でくいとめなければならない。決断

迫撃砲の砲弾をかいくぐって前進する身チーム。身に危険がおよぶ攻撃をものともずに隊形を乱していない。

主導性、決断力、チームワーク

力とは、状況を短時間で把握して、何が重要で、やるべきことをなしとげるにはどのようにしたらよいかを理解する能力である。適正な決断力に裏づけられた主導性をもつ者は、指示がほんの少し、またはまったくなくても、みずからの評価にもとづいて迅速に迷わず行動する。責任をもって思慮深い行動をとり、作戦行動を成功させて困難な任務を全うする。

　機能するチームワークのもうひとつの構成要素は信頼である。戦闘への疑念や不安を解消するためには、まずは自分の兵士としての能力を信頼しなくてはならない。それからチームの仲間はもちろん、ほかの支援にまわる兵士もうまく仕事をやりとげると信頼する。たとえば前進観測員が「危険近接」攻撃［味方が標的の間近にいる場合の近接支援］を要請したら、前進観測員の伝える標的データと支援攻撃の正確さを信じなければならない。指揮官にも信頼をよせる必要がある。指揮官は有能な仕事ぶりを示して、部下の信頼を得る。指揮官と配下の兵は、過酷で危険な戦闘だけでなく、困難で実戦さながらの訓練をともにくぐり抜けることによって、互いの信頼を育む。相互の信頼はバラバラの個人をチームにまとめるので、戦闘力はさらに増強する。

――米陸軍 FM 22-100『軍事的リーダーシップ（Military Leadership）』

である。

重大な弱点

重心という考えと関連があるのが「重大な弱点」、つまり敵が攻撃にもっとも弱く脆弱な部分である。防衛線の穴など物理的な弱点もあれば、特定の指揮官への依存など人間的な弱点、または食料の供給量の問題であったりもする。戦術的に考えれば、パンチのダメージをできるだけ大きくするために

は、いうまでもなく敵の弱点をたたくのが得策である。

重心と重大な弱点は、基本的に補完的な関係であることに注目したい。前者は敵の強さの源に、後者は弱さの源に注目しており、どちらもつけこめば味方を有利に導ける。市民生活の観点からすると、どちらの考え方も有用である。というのもこうした視点を採用すれば、問題に闇雲に真っ向からぶつからずに取り組む方法を発想できるか

砂盤を使って任務の要旨説明（ブリーフィング）をする将校。砂盤は浅い砂を入れた立体模型で、作戦域の地形を再現している。

第3章 交戦

市街戦で戦術的にやっかいなのは、乱立する建物のために見通しが悪くて、移動経路が複雑になることである。

らである。

　わたしの経験をお話ししよう。大学に通っていた頃は、当然ながら論文の評価を上げようとして、そのための方法を思案した。大学の図書館を観察していてひとつ気がついたのは、論文の課題が出ると、その特定のテーマの参考文献をそろえたコーナーがどこもひどく混みあうことだった。いい換えれば、学生の大多数がごく一般的な推奨図書をもとに論文を書いていることになる。となると、論文式試験問題に同じような論調の論文が山と積まれることになる。それでは評価をする教育助手はうんざりだろう（その後の学究生活で採点の仕事をして、この予測が確かめられた）。そこでわたしは本質的に採点者の「重大な弱点」は退屈であり、「重心」は面白くて独創性のあるものを求めていることだと推察した。

　そこでわたしはこうした要素に的を

ソ連時代のスペツナズ［軍参謀本部情報部直属の特殊部隊］の兵士が、豊富な道具類と火器の一部を披露している。ドラグノフ・ライフルもある。

第3章　交戦

しぼるために、図書館での論文のリサーチを、課題とほんの少しだけ関連のあるコーナーで行ない、異なる分野をオリジナルの発想でむりやり関連づけた。あとで教育助手から聞いた話では、そのおかげでわたしの論文の一部は大量の論文のなかで目立って、高めの評価がついたという。このアプローチが知性のひらめきとはいっさいかかわりがないことに注目したい。攻略法以外のなにものでもないのだ。

敵を制そうとして予想どおりの結果になることはない。だが本章で述べてきたように、戦いにのぞむ際の頭の回転の速さと精神的姿勢、さらには訓練の質は、勝利を確実にする決定的要因になりえる。このようなことは、たとえ敵があの理解しがたいテロリストの場合もあてはまる。次章はテロリストを中心に論を進めていこう。

精鋭部隊によっては、ボクシングで攻撃性の抑制と解放を切り替える能力を見きわめているところがある。

M4カービンを発射するアメリカ軍の兵士。現代の光学照準器のおかげで、アサルトライフルでも精密射撃が可能になっている。

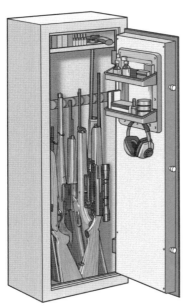

第4章　テロ攻撃への対応

第4章

現代のテロリズムは現実であるのと同時に認識の問題でもある。世界はテロ行為に立ち向かう一方で、テロのおそらくは最強の武器、恐怖とも戦わなくてはならない。

テロ攻撃への
対応

今日、テロリズムの影は事実上すべての社会にしのびよっている。近代のテロリズムは1960年代から1970年代に政治、イデオロギー、文化、歴史といった複雑で広範な要因から本格化しはじめて、それ以来収束の気配を見せていない。テロ攻撃の性格は時とともに変化してきた。1960年代から1980年代にかけては、テロリストの主要な攻撃の的は有力組織、建造物、軍隊や個人など、政府の考えと企業資産に打撃をあたえそうな標的で、無差別ではなかった。航空機のハイジャックが横行したのはそのためである。一般に航空機の乗客は国際色豊かだったために、

前ページ：今日、テロリズムはあらゆる社会の脅威となっている。

テロリストは多くの国の政府に同時に圧力をかけられた。

ところが1990年代以降、テロリズムは旅客機や政府の建物のような防護性の高い「ハードターゲット（堅固目標）」から大きく照準をはずしている。そのおもな原因は、専門の対テロ部隊が結成されテロ対策が講じられたために、そのような標的の攻撃がむずかしくなったことにある。テロはうって変わって、市民に手出しをして襲うようになった。無実な人々も原理主義者のイデオロギーのフィルターをとおすと、無実とはみなされなくなった。この現代世界では、宗教的原理主義がテロもしくは政治的侵略の主要な温床となっている。

その結果世を震撼させる攻撃が次々

と続き、それが大規模な地域紛争につながった。たとえば2001年にアメリカの世界貿易センタービルと国防総省(ペンタゴン)を襲ったおそるべき航空攻撃は、続くアフガニスタン紛争とイラク戦争の直接的な原因となった。その後も2004年3月のマドリード列車爆破事件、2005年7月7日のロンドン同時爆破テロ、4日間の大量殺戮となった2008年のムンバイ同時多発テロ、さらには記憶も新しい2015年11月のパリ同時多発テロ、2016年3月のブリュッセル連続テロなどが発生している。こうした攻撃は、結果的に総数で何千人という死傷者を出しただけでなく、テロからのがれられる安全な場所はどこにもないという不安をあおった。

ただしこのような背景があっても、テロを前にしりごみする選択肢はないと、わたしたちは自分に言い聞かせな

テロリスト志願者が訓練キャンプで小火器の射撃練習をしている。テロリストの訓練はますます専門性が高くなっている。

第4章　テロ攻撃への対応

ければならない。むしろ誇張すべきではないのはテロリストの力である。テロリストは国軍によって順調に殺害または拘束され、短い生涯の大半を不安のなかでびくびくしながら生きている。本章では、テロとの戦いで精神的姿勢と考え方をどのように転換すれば、世の人々が救われるかを見ていく。それを知れば、きっと自分の恐怖心に押しつぶされることはなくなるだろう。

職業軍隊と対決したテロ集団は、たいてい苦戦する。有能な軍と交戦するのに必要な戦術訓練を受けていない例がほとんどだからである。

テロリストの思考

前章では敵を理解する重要性について論じた。敵は行動して考える存在で、

109

過小評価は避けなくてはならない。敵の思考に入りこむことは、とりわけテロとの戦いで決定的な意味をもつ。このような組織はイデオロギーや宗教、文化、軍事、社会的要因が複雑に入り混じった動機によってつき動かされており、こうした要因を評価しそこねると、テロに対するいかなる反撃も無力になる。2014年にアメリカ政府は新しい対反乱マニュアルを公開した。この大作は対象を特殊部隊のみならず通常軍に広げて、もっぱらテロまたは反乱と戦うための原則を説明している。なかでも強調しているのは敵に対する理解である。

典型的なテロリストの道具一式。自爆ベスト、AK-47アサルトライフル、拳銃、手榴弾、IED（＝Improvised Explosive Device、手製爆弾。ここでは砲弾2発）、通信用の廉価版携帯電話。

世界観と称される世界の見方は、文化の影響を受けている。人はとかく自分の世界の見方は論理的で合理的で偏見がなく、的確だと信じがちであるが、見るものにも経験することにも、信念と世界観というフィルターがかかっている。世界について真実と信じていることと合致しない情報や体験は、しばしば拒絶されるか、世界はこう機能すべきだとする信念に合わせて歪められる。文化ほど世界観を特徴づけて影響をあたえるものはない。つまり文化は物事の感じ方や理解、解釈を左右するのである。陸海軍の兵士および海兵隊員は、アメリカ流の物事の解釈が多くの場合、作戦地域での他民族の感じ方といちじるしく異なるのを知って

第4章 テロ攻撃への対応

現代のアメリカ軍の心理作戦用車両。屋根に搭載した拡声器で、地元民にメッセージを伝える。

公刊資料3-33.5『反乱とその対応策（Insurgencies and Countering Insurgencies）』3-1

おかねばならない。海兵隊員およびほかのアメリカ兵がとる行動について地元民も自分らと同じように感じていると決めこんでいるなら、その反応を読みちがえる公算が高い。他国民も物事をアメリカ人と同じように見ていると決めてかかるパターンを、アメリカ軍は鏡像とよんでいる。鏡像は危険である。なぜならアメリカ兵が問題とその解決方法にかんする仮定を、地元民や他国の同胞との共通認識だとかんちがいして、他者の視点取得をしないので、問題を住民の視点から見なくなるからである。
──米陸軍FM 3-24 海兵隊戦闘関連

この引用で強調されている「鏡像」は、テロへの対応のカギをにぎっている。兵士が自国の文化と異国の文化の真の違いを理解していなければ、「民心獲得」作戦の意図は伝わらない。じつのところ民心獲得以上にすぐれたテロ対策はないのである。受け入れ国

111

の文化に思いやりを示す関係を作れば、駐留軍はテロリストへの地元民の支援を断ち切るのが容易になる。そうしながらテロリストを孤立させれば、強引な行動に出る輩をあぶり出せるかもしれないのだ。

　実際問題テロとの戦いでは、戦術を展開する戦場より文化の戦場のほうがはるかに重要なのである。今日、職業軍隊は相当の時間と金を投入して、兵士に受け入れ国の文化を理解させる訓練をほどこして、兵士の世界と外部の人々とのあいだに架け橋を作ろうとしている。この投資はいわゆる「文化的・状況的理解」を進めることを目的としている。理解をするといっても

　テロリストの指導者が重んじる標的は、1)死傷者が多数にのぼる可能性があり、2)なんらかの形で政治的象徴になっているものである。

その知識の範囲はただ、兵士をとりまく文化的現実の一部でしかない。たしかに彼らは作戦区域の倫理的、社会的、性差的(ジェンダー)、歴史的な背景を意識しなければならない。だがそれ以外にも地元民とその置かれた状況に感情移入して、人としての共通の動機という観点から、自分とは一見あいいれない文化にも理解を示す必要があるのだ。

　というのも、故国と比較したときどれほどその国民や国がかけ離れているように思えても、へだたりと同じくら

第4章 テロ攻撃への対応

い結びつきはあるからである。たとえば食料の信頼できる供給源と身を隠す場所への欲求、教育と雇用、または家族や友人の安全への基本的欲求、尊重と承認の欲求などは、人間ならだれしも本能としてそなえているものだ。兵士はなにかを正しい、もしくは疑わしいと感じて、それに応じて行動するとき、文化間で感じ方が共通、または異なることを理解することで、状況に即した行動をしやすくなる。

個人の感受性にもよるが、外国文化を完全に理解するまで一生涯かかることもある。それでも兵士が地元民の癇にさわる行為をして、うっかり敵の新兵を増やす役割を演じるのを避けたいなら、いくつかカギとなる領域を理解するとよい。それが兵士の思考過程と

小型スーツケースのなかにしかけられたIED爆弾。遠隔爆弾は、テロリストの武器庫のなかでも強大な影響力をおよぼす道具である。

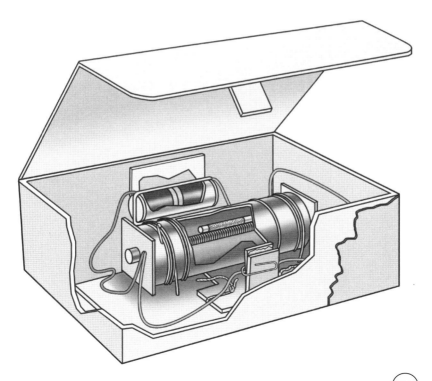

調査のなかで優先すべきポイントとなる。

社会構造——社会はどのような構造になっているか。とくに家族、部族、地域の枠組みではどうか。その社会ではだれが権威をもっているのか。家族・同族グループと公式の政府当局との関係はどうか。その文化の社会構造を把握すれば、地元民と的をしぼった交渉ができて結果を出しやすくなる。

家族と男女の社会的関係——家族と男女(ジェンダー)の社会的関係は、国によっていちじるしく異なる。中東とアジアでは、親戚（とくに従兄弟と叔父のような関係）の絆と結束は、多くの西洋文化とくらべるとはるかに大きな意味をもつ。家族内にかぎらず、社会全般で男女のあいだに厳格な上下関係があり、女より男の権威が高く位置づけられている。また性行動と服装について非常に厳しい掟がある。地元民の感情を逆なでするようなことを避けたいなら、家族構成と男女の関係について知ることが肝要である。たとえば、西欧やアメリカでは無害なちゃつきとみられることが、中東のほとんどの地域では、宗教の戒律に反するがまんのならない侮辱と受けとられたりする。

暴動鎮圧の任務中、兵士は自制できる状態でなければならない。過度の力の行使は、テロリストの大義に共感する志願者を増やすだけだからである。

第4章 テロ攻撃への対応

宗教——世界には信仰が文化の基盤となっている社会が数多くある。そうした社会では、宗教的概念が政府や社会組織のトップにまで影響をおよぼしている。そのため兵士は宗教の重要な教義だけでなく、宗教が儀式でどう表現され、社会のなかで実際的に（たとえば法律や商取引で）どのように扱われているかを理解しようとしなければならない。なによりも、宗教的に重要な場所や建物の周辺での服装や言葉づかいなど、適切な行動のルールを確認したい。またそれにくわえて、特別な宗教行事や祝日をチェックしておく。そ

テロはしばしば、すでに起こっている内戦に端を発している。対テロ作戦にたずさわる兵士は、時間をさいてそうした状況の歴史的背景を調査しなければならない。

ういった日はテロ行為の増加の目安になるからである。

歴史——地元民の考えや行動の理由を察するためには、受け入れ国の文化史をある程度頭に入れておくことが肝要である。たとえば独裁制や全体主義体制の歴史がある国ではたいてい、問題解決のために根掘り葉掘り質問したりしない。すくなくとも質問者が信頼しない相手に対しては、である。なぜな

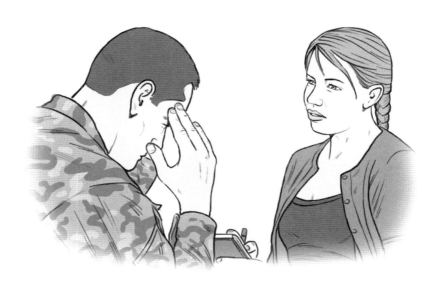

兵士にとって対テロ作戦は、一種独特な緊張を強いられる戦いである。任務のために深刻な精神的症状が現れはじめたら、カウンセリングの助けを求めたい。

ら質問は当局に対して無知であることを暴露し、逆にその答えを求めるのはなぜだという疑念を生じさせるからである。あるいは駐留軍が見るからに親切そうでも、地元民はおしなべて外国の軍隊を受け入れていないように思われるかもしれない。その理由は、それ以前に入りこんだ外国の軍隊が、解決すると約束した問題に決着をつけずに出ていったことにあったりする。また有力な部族とある一族との関係など、限定的な地元の歴史についても調査する必要がある。多くの社会はある掟にのっとって機能している。つまりほかの部族や一族からの侮辱と暴力には、仕返しして復讐すべしという掟である。この掟のおかげで、地方レベルで文字どおり数十年にわたる抗争が続くこともある。国家規模の戦争とは独立したもめごとだが、そうした武力衝突と重複することも少なくない。アフガニスタンでも、ある集団がタリバンにつくか西洋側と連携するかを決めるのは、選択した同盟関係に別の部族や一族グループを出し抜くメリットがあるかどうかによる、といったことが多々あった。

適切なふるまい——これは途方もなく広範な習慣、身ぶり、対人的なやりと

りをひと括りにした表現である。そうしたなかには、国が違えばひどく風変わりに思われるものもある。海外から派遣された兵士にとって、こうした行為のニュアンスをすべて理解するのはむずかしいだろうが、すくなくとも以下にあげたことには慣れておきたい。

- 習慣的なあいさつの仕方。
- 女性と子どもの適切な扱い。
- 一般的な礼儀（贈答など）。
- 交渉の際によく使われる決まり文句。
- 時間の概念（西洋では時間厳守や緊急性が何を意味するかは広く理解されるが、同じ時間の感覚をもたない文化もある）。
- 問題のない手の動きとタブーの手の動き。
- 毎日の時間の組み立て。食事の時間や働く時間など。
- 話を切り出す的確な方法と、よそ者と議論しても受け入れられる話題。

言語――当然のことながら、現地語がわかり話すことができれば、その文化についても深い洞察を得られる。言語はただ話の内容を理解するためだけのものではない。文化がどのように構成されて世界をどう見ているか、といった基本概念も伝えているのである。現地語の基本的な部分を頭に入れるだけ

テロリストによるNBC（核・生物・化学）攻撃は、悪夢のようなシナリオである。イラストでは、一般市民が空中をただよう脅威から身を守るためにマスクをかけている。

で、自分と周囲のあいだにある壁を打ち破って、貴重な情報をひろいやすくなるだろう。大部分の軍隊組織では現在、言語課程を用意している。海外派遣を予定している兵士は、適切なコースに参加することをぜひ勧めたい。

兵士が外国文化の基本的な部分でもしっかり理解すれば、その文化のなかで異常なことを発見する目は肥やされるだろう。そうなるとテロリストの活動も察知しやすい。たとえばアフガニスタンとイラクでは、さしせまった攻撃を示す典型的な兆候は、通りで遊んでいる子どもが姿を消すことだった。子どもの家族が前もって警告を受けて、襲撃にまきこまれないよう屋内に避難させたのである。

情報収集

地元の文化にどっぷり浸かった兵士は、次に対テロ情報をできるだけ収集しようとするだろう。電子的な情報収集はシギント（= SIGnals INTelligence、信号情報）とよばれるが、人の情報源から引きだす情報はヒューミント（=

サイバー戦争はいまやテロとの戦いの最前線になっている。その焦点となっているのがデータの機密保護とテロリストの監視である。

第4章 テロ攻撃への対応

通信は現代の軍隊がテロ集団に対して、完全な優位性を確立できる分野である。この兵士はテロリストの「雑談」を傍受している。

軍用の迷彩服と平服の組みあわせは、民兵組織へ忠誠を誓っている可能性を示している。

HUMan INTelligence、人的情報）と
よばれる。ヒューミントはテロ集団へ
の切り札の武器になる。良質なヒュー
ミントであれば、テロリストの指導者
の居場所からテロ攻撃の手口まで、あ
らゆる情報が入手できる。ヒューミン
ト収集の秘訣は油断なく気を配ること
である。つねに周囲の細部まで逃さな
いように目を光らせる。無関係なもの
はひとつもない。だが同時に収集した
情報を整理して、実現可能な行動計画
に移し替える能力も必要である。この
点についてもアメリカ軍は、非常に有
益なマニュアルを出している。FM
2-22.3『人的情報収集作戦（Human
Intelligence Collector Operations）』
と題された労作で、参考になる情報と
ともに、収集者に必要な資質について
も詳細に説明している。たとえば次の
ような記述である。

注意力

ヒューミントを収集する者は、そ
の作業中は多面的に注意力を働かせ
なければならない。情報源から引き
だしつつある情報に集中しながら、
収集の目的にもとづき、その情報と
同人物から過去に得た情報をつねに
照らしあわせて、どれほど価値と確
度があるかを評価する。と同時に、
情報源の話の内容以外にも、話し方
とそれにともなうボディーランゲー

ジに注意を向けて、その人物の信用
や協力の度合い、そのときの精神状
態を判断する。相手に休憩または圧
力をかけるタイミングも知っておか
ねばならない。それにくわえて、ヒ
ューミント収集者は気をゆるめるこ
となく周囲を警戒して、自分と情報
源の身辺の安全を確保する必要があ
る。

客観性と自制

ヒューミント収集者はまた、入手
した情報を私見をすてて客観的に評
価しなければならない。聴取または
尋問中に相手が実際に感情的になっ
ても、また感情的になったふりをし
たとしても、客観的な姿勢を保ち自
分を見失ってはならない。客観性が
なければ、取得した情報も無意識に
歪めてしまうだろう。また質問やア
プローチの方向転換が困難になるお
それもある。なみはずれた自制心を
発揮して本物の怒りやいらだち、共
感、疲れを見せないようにする。さ
もないと質問の主導権を失うことに
もなりかねない。ただし、こうした
気持ちを必要に応じてよそおう必要
はある。情報源と感情的に深入りし
てはならないのだ。

適応性

ヒューミント収集者は、遭遇する

大勢のさまざまな性格の人間に合わせて対応しなくてはならない。さらに、あらゆるタイプの活動場所や作戦のテンポ、作戦環境に適応することも求められる。情報源の立場に自分を置いて想像する必要もある。臨機応変であれば、作戦環境と情報源の性格に応じて質問やアプローチをスムーズに切り換えられる。

テロの脅威が警戒される時期は、よく日常的に警察の身体検査が行なわれる。このような検査があると、テロリストは自由な移動をはばまれる。

粘り強さ

ヒューミント収集者でも不屈の精神があるかどうかで、ただの有能な者と超一流の者とが分かれる。ヒューミントを収集していて、抵抗や協力拒否といった困難に出会うとすぐにあきらめてしまう者は、攻めの姿勢で目的を追求しないので、結論にたどり着くことはもとより、関連する重要情報への手がかりをつかむこともままならない。

外見と物腰

ヒューミント収集者の外見は、情報収集作戦の遂行も情報源の収集者に対する態度も大きく変える可能性

がある。ふつうはきちんとした専門家らしい外見のほうが、情報源に好ましい影響をあたえるだろう。ヒューミント収集者の態度に公正さと強さ、有能さが表れていれば、相手は協力的になって質問に答えやすくなるはずである。

主導権

聴取や尋問から収穫をあげるためには、主導権を獲得し維持することが肝心である。戦闘作戦で攻撃性が勝利のカギになるのと同じである。ヒューミント収集者は、主導権をにぎったらそれを最後まで手放してはならない。だがだからといって、腕力で情報源をねじ伏せるのではない。

大勢の検挙者が出たときは、できるだけ早くそれぞれを隔離することが重要である。ぐずぐずしていると口裏を合わせられてしまう。

必要とする情報がなにかを押さえて、その収集に向けて質問しつづけるのである。
——米陸軍 FM 2-22.3『人的情報収集作戦』1-11-1-1

このマニュアルはさらに、ヒューミント収集者に必要なありとあらゆる特質をあげている。こうした仕事の適任者は粘り強く、環境に対する感覚が鋭くて、想像力に富んでいるが現実的で、先入観を情報につけくわえない。テロと戦うヒューミント・オペレーターは、

次のような重要情報を追っている。

- テロ組織のなかでわかっているメンバー（とくに指導者）と、その居住地と活動地域。
- テロ集団が使用する訓練基地。
- 海外の支援ネットワークの特定につながる情報。
- テロ活動の計画。
- テロリストが新メンバーを勧誘する方法。
- テロ集団の財源、物資と武器の補給元。
- テロ組織内の派閥。
- テロ集団内で好んで使われる通信システム。
- テロリストの目的に対する地元の支援の度合い。
- 兵士の属する部隊について探りを入れているテロリストの情報源。

　1発目の銃声で即座に身を低くして、できるなら物理的な防御になるものの後ろにまわる。必要なら這って移動するが、状況の展開にはつねに注意する。

第4章 テロ攻撃への対応

テロ攻撃の回避と反撃

　テロ攻撃が起きやすい時間帯と場所では、兵士も市民も神経を研ぎすませて、高度な状況判断をしなければならない。日課や移動は予測がつきにくいようにする。さもないとテロ攻撃の計画にひと役かうことになる。公共空間では、怪しげだったり場違いに見えたりする人間や車両の挙動に目を光らせる。たとえば次のような対象である。

- 季節はずれの服装で、おちつかないようすの者。
- 人が集まっているところをくい入るように見ていて、ひんぱんに携帯電話で連絡をとっている者。

　爆撃があったときは、頑丈なテーブルの下が避難場所によい。ある程度頭上を保護してくれる。

- 特定の場所を何度も通りすぎる車両（ただしドライバーが駐車できる場所を探しているようなら当然除外する）。
- 公共空間を足早に移動する個人またはグループ。重たそうな荷物やバッグを運んでいるときは要注意。
- 公共の場にバッグを置きざりにした者。

　このように流動的な状況で感覚を鋭敏にするためには、公共の場での自分の動きと位置どりを考えるとよい。で

きるなら見晴らしのよい場所を確保したい。列車では車両の端のドア付近に立つ。すると車両全体を見通すことができて、しかも出入り口にすぐ到達できる。レストランやバー、あわただしいオフィスといった人が集まる場所では、その空間のすべての入り口がよく見える位置で、頑丈な壁を背にして立つ。そして自問する。あのドアから襲撃者が入ってきたら、自分はどこに移動するのか、または隠れるのか。それから当然のことながら、安全のための基本手順をおろそかにしない。ドアや窓は閉めて鍵をかける。公共の建物なら、入り口で適切な身体検査を実施する。車に乗る前に、車体の周囲と下を調べて疑わしい装置がとりつけられていないことをチェックする。路上に不審な荷物があったら、ハンドルを大きく切って避ける。危険がひそんでいるのがわかっている場所には立ち入らない。

ただし、テロ攻撃から身を守ろうとしてもできることにはどうしても限界はある、という事実は残る。自衛のために工夫をこらすのと同じくらい、テロリストも攻撃にあの手この手を使っ

安全訓練のなかで、基本的な蘇生法の手順を覚えておきたい。

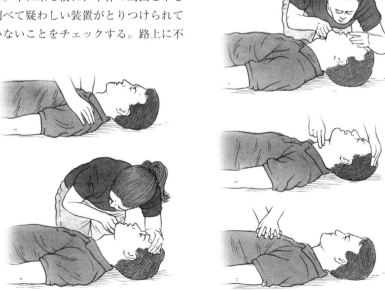

てくるからである。テロ事件でありえる悪夢のシナリオはふたとおりある。爆破と複数犯による銃乱射である（人質をとるケースは次章でとりあげる）。

こうした出来事では状況にもよるが、気持ちのもちようで生存の可能性が決まる。死活的に重要なのは、攻撃などあるはずがないとわが目を疑っている

暇があったら、即座に思いきった行動に出ることである。爆破の場合は、最初の爆発を無傷で切りぬけたとして、2個目の爆弾が起爆を待っているリスクをかならず意識する。

そのため、負傷者の救出に手を貸してほしいと頼まれないかぎり、できるだけ早く爆破現場から離れたほうがよ

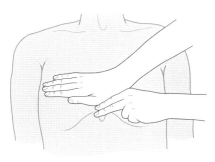

右：応急手当で胸部圧迫をする正しい位置の見つけ方。手のひらのつけ根を胸骨に乗せる。

下：止血をする際には、厚くて清潔な傷パッドを傷口にあてて、しばらく強く圧迫しつづける。

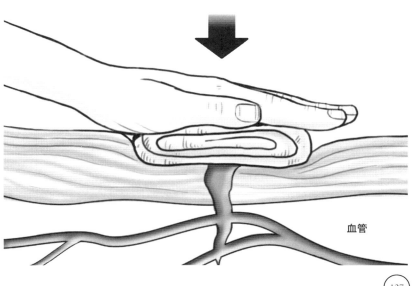

血管

ハードターゲットとソフトターゲット

次にあげるのは、アメリカ海兵隊マニュアル MCRP（公刊参考資料）3-02E『テロを理解し生き残るための個人マニュアル（The Individual's Guide for Understanding and Surviving Terrorism）』からの抜粋である。脅威レベルの高い環境で、テロ攻撃の危険性を低減させるために政府職員と軍関係者がとるべき行動が説明されている。

ソフトターゲットは、接近しやすく予測が可能で警戒がゆるい。第三者が電話番号、住所、予定などの個人情報を取得するのも容易である。ソフトターゲットは、家でも仕事場でも判を押したように同じ日課をこなす。そのためテロリストはその行動を前もって予測できる。周囲の脅威については無頓着で、自衛的手段を講じることはない。

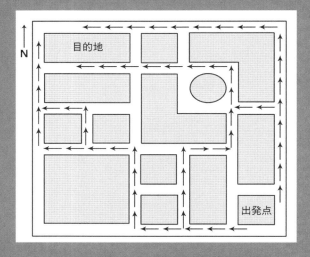

危険度が高い地域では、よく行く場所への往復ルートには変化をもたせて、テロリストの計画や情報収集をさまたげる。

第4章　テロ攻撃への対応

　ハードターゲットは接近や予測が困難で、警戒している。テロリストが本人や家族と接触するのはむずかしい。ハードターゲットは、意図的に日課に変化をもたせて、日常生活のパターン化を避けている。安全意識も高く周囲の状況に気を配り、自衛的手段に忠実であろうとする。ハードターゲットは、
• 自宅の郵便受けや外壁に名前を表示しない。
• 毎日同じ時間や同じ場所でのジョギングまたは通行をしない。
• 毎週同じ曜日に洗車や芝刈り、家族のバーベキューをしない。
• 毎週同じ曜日に同じ店で買い物をしない。
• 同じ時間帯や同じ道順の外出や帰宅をしない。
• 毎週同じ時間に同じ教会の礼拝に参加しない。
• 車両、レストラン、教会などで決まった椅子に座らない。
• 毎日同じ道順で通勤せず、同じ時間に職場に到着せず、同じ時間に昼食に出かけず、同じ時間にオフィスを出ない。
• 毎日同じ時間に新聞や郵便物をとりに出ない。
• 毎日同じ時間にイヌのエサやりや同じ道順での散歩をしない。
• 同じレストランやバーに通わず、アメリカン・スタイルのレストランやバーのみをひいきにしない。
• 職場、教会、社交行事などに行くとき、同じ場所に駐車しない。
• いつも救いの手を差しのべてくれる人だとは思われない。
──米海兵隊 MCRP 3-02E『テロを理解し生き残るための個人マニュアル』2-1

テロ攻撃へのそなえには、銃器保管用のキャビネットの充実にまさるものはないと考える人は多い。ただし銃が使用できるために、かえって状況が悪化するという反論もあるだろう。

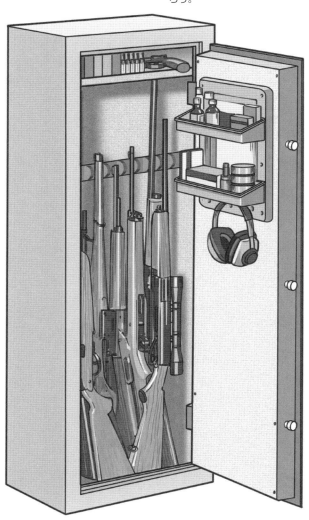

第4章　テロ攻撃への対応

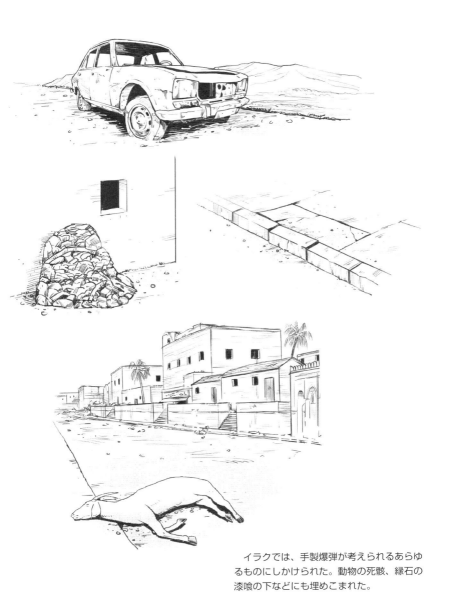

　イラクでは、手製爆弾が考えられるあらゆるものにしかけられた。動物の死骸、縁石の漆喰の下などにも埋めこまれた。

テロ攻撃に遭遇したときは、移動するにしてもかならず遮蔽物に隠れて、敵の射手が照準にとらえると思われる高さより確実に身を低くする。

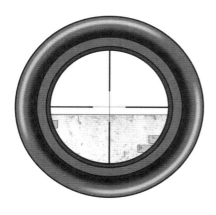

い。その際は、駐車してある不審車からできるだけ距離を置く。爆弾の爆発半径は数百メートルにもおよぶことを覚えておきたい。屋内にいるときに外で爆発があった場合は、次の爆発がある可能性にそなえて、窓やドア、エレベーターには近づかないようにする。

つい先頃の 2015 年 11 月 13 日にパリで起こった悲劇的な出来事のように、テロ攻撃の凄惨なパターンに、人が集まる場所での複数の銃撃犯による連携攻撃がある。このような攻撃は混乱と恐怖を最大限に利用するように計画されており、大勢の人々をキリング・ゾーンへと追いこむ。実行犯はたいてい作戦が自分らの死で終わるのを承知している。

イギリス政府はフランスの事件を受けて、国民が同種のテロ攻撃に居あわせたときに、どのように対応するのが正しいのかをまとめたガイドラインを出している。たとえば次のような内容である。

走る

- できるなら逃げる。
- いちばん安全そうな選択肢を考える。
- 安全な逃げ道はあるだろうか。**隠れるのでなければ走れ！**
- できるなら現状以上の危険をおかさずに、身を隠したままそこまで

第4章 テロ攻撃への対応

たどり着く。
- ほかの者にもいっしょに移動するよう説得する。
- 手荷物の類いはもち運ばない。

隠れる
- **走れないなら、できるかぎり隠れる。**
- 弾除けになるものを探す。
- 攻撃者が見えるときは、攻撃者に見られているはずである。
- ただ物陰に隠れるだけでは安全ではない。弾丸はガラスやブロック、木材、金属をつらぬく。
- 銃撃から身を守るものを見つける(頑丈なれんがの構造物か厚い補強壁)。
- 出口を知っておく。
- 身動きできなくなる事態は極力避ける。
- 物音をたてず、携帯が鳴らないようにする。
- バリケードのなかにこもる。
- ドアから離れる。

通報
- 警察への電話で伝えるべきこと。
- 場所　犯人はどこか。
- 方向　最後に犯人を見たのはどこか。
- 状況説明　襲撃者の人数とその特徴、服装、武器を確認。

この女性は攻撃のさなかにすばらしい遮蔽物を選んだ。頑丈な鉄製の柱は、大型の飛翔物でなければたいていのものをくいとめるだろう。しかも完全に視界をさえぎっている。

- その他の情報　死傷者、負傷者の状態、建物の情報、入り口、出口、人質など。
- 身に危険がおよばないなら、これ以上人が建物に入ってこないようにする。

武装警察部隊が現場に到着したとき、政府は次のような対応を勧めている
- 警官の指示に従う。

- 騒ぎを起こさない。
- できるならいまいる場所より安全なところに移動する。
- 犯人とかんちがいされるので、急な動きは避ける。
- つねに両手が見えるようにしておく。

場合によっては警察官は
- 銃口を向けてくる。
- 手荒な扱いをする。
- 質問をしてくる。
- 襲撃者との区別がつかない。
- 安全になってから避難させる。

こうしたアドバイスはどれも基本的に妥当である。ただひとつだけ、必要とあれば戦え、という重要な指示が抜けている。兵士や対テロ部隊なら、テロ攻撃への対応では場合によっては、反撃してそのまま決着をつけるしか実際的な選択肢がないことを知っている。一般市民にとっては当然最後の手段になるが、犯人にいわれるままにしていても助からなさそうな展開なら、採用すべき選択肢ではある。方法は原則的にふたつある。ひとつめは、武器になるものを見つけて武装すること。重い鈍器またはとがった道具があれば理想的である。そしてすぐ近くまで接近して犯人の不意をつく。相手が銃を向ける暇をあたえずに、悪意をこめ思いき

って武器を使う。攻撃が成功して相手の火器を入手できたら（そしてその操作方法がわかっているなら）、ほかのテロリストも倒せるチャンスはある。ただし一般的には、軍人もしくは警備会社の人間でなければ、そしてそうした目立った服装をしているのでなければ、襲撃者の火器をとりあげるのは感心しない。一味の仲間とまちがわれて、

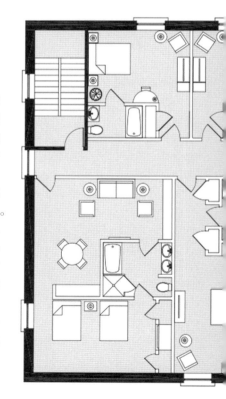

第4章　テロ攻撃への対応

即応部隊に撃ち殺される可能性があるからである。

　テロは多くの先進国共通の悩みの種となっているが、テロを増長させているもうひとつのツール、恐怖とも戦わなくてはならない。戦争に引き裂かれどん底の状態にある国に住んでいないかぎり、テロ事件で命を失う確率は低い。テロリストが達成できた意義深い勝利は、1発の弾丸も撃たずにわたしたちの日常生活をがらりと変えたことだろう。このような見方をすると、テロに怖じ気づかない精神的な強さも「対テロ作戦」の一要素といえる。

　リスクが高い地域のホテルに宿泊するなら、建物の見取り図を調べて、すべてのおもな出入り口と、バックヤードへの入り口を把握しておく。

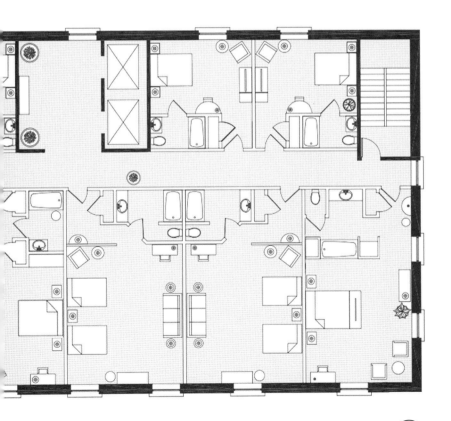

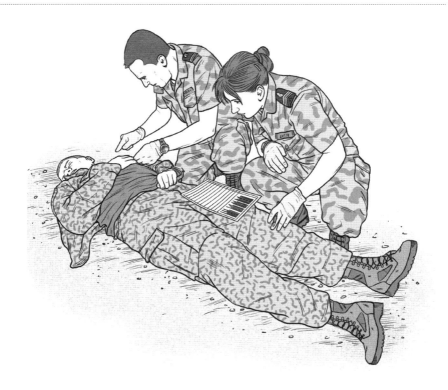

負傷者のトリアージをする軍の医療チーム。多数の負傷者がいる場合は、トリアージで治療の優先度を分類する。

第5章　拘留訓練

第5章

自由の剥奪は精神をむしばむ過酷な試練である。勾留に虐待、さらには拷問までくわわって責め苛まれれば、いかに強健な人間も正気を保てるかどうかを試されることになる。

拘留訓練

　敵が正式な軍隊であろうとテロ集団であろうと、捕虜になる体験はどのような兵士、水兵、航空兵にとっても、心をこのうえなく深く傷つける出来事となる。捕虜は手も足も出せない世界に放りこまれて、肉体が存在するためのあらゆる条件を敵集団に完全にゆだねた状態になる。そこにあるのは強い依存の感覚である。もし拘束者がその気になったら、食べ物や水、暖かさ、話しかける相手など、心の刺激になるものを奪える。そのうえ悪いことに、拘束者は好き勝手に拷問できる。目的は情報だったり、純粋に復讐や楽しみだったりする。そして最近の数かぎり

ないグロテスクな事例からもわかるとおり、捕虜を処刑することもできるのだ。

　捕虜は投獄に対応するために、またとらわれの身となったその時点から、精神的な対処方法を確立しなければならない。ここでは捕虜体験のない人間からの安易なアドバイスは避けよう。囚人や捕虜の証言の研究により、収監の環境が悲惨で拷問が「定期的」に行なわれる場合は、どんなに立ちなおりが早い人間にもかならず限界が訪れることがわかっている。監禁がいつ果てるともなく続く場合はなおさらである。ベトナム戦争中にとらわれたアメリカ兵のなかには、過酷な環境で長年拘束されつづけて、ようやく解放された者もいたが虐待のすえに亡くなった者もいた。ことによると独房に入れられて、

前ページ：勾留された者はこのうえなく無防備な状態になる。捕虜の運命は完全に拘束者にゆだねられる。

139

　収監者にとって手強い敵は退屈である。外部的な刺激がほとんどない状態で、捕虜は心のなかで興味をわきあがらせる方法を見出さなければならない。

何カ月ものあいだ味方の顔を見ずにすごすこともあった。こうした捕虜は折にふれてひきずりだされ、身の毛もよだつような拷問を受けたりもした。ところがこうした悲惨な状況でも、人間の回復力と知的創意を示す証は見つかるのである。本章はこのことをテーマに進めていこう。

心理的抵抗

　拘束された捕虜は、しだいに精神的消耗をつのらせていく。こうした憔悴の大きな原因は、拘束者の人間性にも

第5章　拘留訓練

よるが、実際には心理的要因ではなく身体的要因から来ている。捕虜の大半は新たな環境で次のような状況を経験する。

- 日常的な栄養不足。健康状態と精神的活力をそこない、これをきっかけに自分の殻に閉じこもったり、うつ状態になったりすることもある。
- とくに体を洗うことやシャワー、着替えなどを許されない不衛生さ。肌と髪が荒れ放題になり、害虫の餌食になる。不潔になると病気にかかりやすく、健康を害したりもする。
- 日常的に課される罰。強制労働もそのひとつの形である。それに貧しい食事と一般的な健康管理の欠如が重なることもある。
- 看守などの職員によってくりかえされる暴力。気まぐれな殴打から、系統的で工夫をこらした拷問までさまざまで、そのために傷を負ってもたいてい放置される。

頭巾をかぶせられた捕虜が、苦しいストレス姿勢でしゃがんでいる。このように1、2カ所の筋肉に負荷が集中する姿勢にするのは、絶望感を味あわせて拘束者の意のままになることを思い知らせるためである。

- 極度の寒さと暑さ。捕虜にとって快適な環境の牢獄はまれなので、どの監房またはバラックも、季節によって耐えがたい暑さや寒さになる。この問題に追い打ちをかけるのが、捕虜はたいてい捕まったときの服を着ているという事実である（ただしその服さえはぎとられることがある）。そうなると、身柄を拘束された季節にだけふさわしい服を着ていることになる。

こうなると監禁の身体的状態のみで、じゅうぶん心理的抵抗はくずれてしまう。だがここに監禁生活の心労ものし

拘束者にとって、捕虜にはほぼ確実にプロパガンダの価値がある。場合によっては、この価値が捕虜のプラスに働くこともある。

かかる。孤独感、落ちこみ、強いホームシック、恐怖、何もすることがないこと、将来の不確実さ。1950年代のアメリカでは、朝鮮戦争中の共産主義者の中国人捕虜を対象に勾留の影響が研究され、それをまとめたFM21-78『捕虜の抵抗（Prisoner of War Resistance）』が出版された。この出版物からの次の引用には、精神が崩壊していく過程が描かれているが、最後は心理的抵抗のための示唆でしめくくられている。

最初に精神の複雑な機能が失われる。たとえば創造性に富む活動を実行する能力、あらたに困難で煩雑な状況に立ち向かう能力、気苦労の多い対人関係に対処する能力、そして

第 5 章　拘留訓練

　捕虜がとりわけ身の危険にさらされるのは、拘束の直後である。敵方の人民に囲まれているなら、何が起こってもおかしくない。

　くりかえすフラストレーションに対応する能力などである。こうした機能は、体のバランスをくずす要素である痛み、疲労、睡眠不足、不安などが、比較的わずかな程度または強度でくわわってもそこなわれる。
　脳機能の失調が続くと、さほど複雑でない活動もこなせなくなる。通常の作業をする速さと効率性が落ちる。「道徳性」や「善悪」をあまり気にしなくなる。一般的に社会性に起因する行動は抜け落ちる。自分の言動、服装への関心がなくなる。感情が理性にとって代わる。身体的欲求である睡眠、休息、安楽、責め苦からのがれたいという欲求、食欲、苦痛の軽減への欲求などが、捕虜にとっての優先事項となる。筋道の立った考え方がある程度難しくなる。それがリーダーに起こるととくに不幸である。洞察力や判断力が働かなくなった者は、総じてこうした減退に気づかない。そのため権力を行使しつづけて、おそらくはそれまで以上に権威をふりかざすようになるが、知らず知らずのうちにその判断は怪しくなって、実質的に非合理的になっていく。このような問題を克服するためには、リーダーたる者は判断を示すにあたり、参謀を利用すべきである。なるべく捕虜政策、捕虜の

瞑想は心身の回復をはかるために、拘禁中の有意義な時間のすごし方になる。

きを鈍るままにする者は、問題をかかえることになる。
——米陸軍 FM21-78『捕虜の抵抗』、p.17

長期間捕虜生活をすごした者は、ほとんど動物同然の状態に落ちることを認めている。すると、ただひたすら食い物をもらうことと暴力をしのぐことにしか興味を示さなくなる。このような状況で捕虜の連帯感はあっけなく崩壊し、人の苦しみへの無関心がはばをきかせるようになる。それでもこの引用文の最後の部分が示すように、監禁状態を生きのびるために、すくな

管理、有罪宣告、処罰にかかわった者の意見を聞くとよい。

捕虜の知的減退は、頭のなかでゲームをする、問題を解く、本を書くなどすれば防ぐことができる。たいていそれで頭の切れは保たれる。その状態であれば監禁システムに風穴を開けられる可能性は高い。頭の働くとも精神面でとれる方策はあるのだ。捕虜経験者の話によると、次のような例が一般的だったようである。

活発な社会生活

人は驚くほど創意に富んでおり、昔から捕虜は娯楽や刺激を長続きさせる方法を数多く見出してきた。大勢でバ

ラックに収容されているなら、そして条件が許すなら、討論グループやお笑いグループが作れる。また芝居の実演や手に入る材料での模型作り、本の執筆、スケッチ、トランプなどで、可能なかぎり社交活動を展開できる。肝心なのは、定期的な行事または知的刺激になる活動を確立して、1日単位または週単位でスケジュールを組み立て、時間が未来に進む感覚を作ることである。グループ活動にとくにメリットがあるのは、各メンバーに仲間に対する

壁が窓で、そこから美しい景色が望めると想像すれば、捕虜は心のなかで監房を「拡張」して閉塞感を緩和できる。

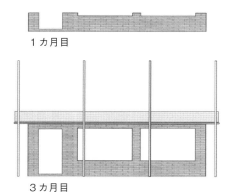

1カ月目　2カ月目

3カ月目　4カ月目

責任感が生じて、帰属意識が生じるためである。スポーツの団体競技も理想的だが、一般に現代の監獄の環境でスポーツができる望みはごくわずかである。

活発な精神生活

単独で収監されている、またはほかの捕虜から引き離されている捕虜は、目的をもって行なうことが皆無に等しいので、別の手段に頼るしかない。このような状況にあった捕虜の多くが、生き生きとした精神生活を送るようになったと証言している。だが、なかには現実から逃避するために想像にひたるのではなく、心のなかでいくつかの目標や目的を定めて、緻密に体系化した精神生活を作り上げた例もあった。

たとえばあるアメリカの航空兵は、

捕虜は頭のなかの計画で、実時間と同時進行させて想像上の家を建築し、監禁状態に置かれていた数カ月間をやりすごした。

ベトナム戦争中に北ベトナムの独居房に何年も入れられていた。隔離されていた期間中、ある時点からこの将校は心のなかで夢の家を建設して、現実の時間とオーバーラップさせはじめた。家の基礎の部分を掘るのに現実に1週間かかるなら、心のなかでも1週間その手配と作業についやす、といったぐあいである。必要な備品の購入など細部まで逐一気を配り、作業員を集め指示をあたえて敷地の調査と地図の製作をする。このようにして将校は、目的をもった精神活動をしながら収監の一定期間をすごしたのである。

家の建築は精神的な対処法のほんの一例である。ほかには頭のなかで本を

執筆した者もいたし、絵を描いた者、事業を立ち上げて経営した者もいた。その可能性の限界は想像力以外にない。このような精神活動を持続可能にするコツは、構成と秩序を設けることにある。ただし、この静修を現実世界から想像の世界への完全な逃避にしないことも重要である。捕虜はつねに異変を察知できるよう、周囲とのつながりを断ってはならない。と同時に想像上の現実を作れるがゆえに、周囲の世界からもほんのわずかでよいので慰めを見出す必要がある。たとえその世界がどんなに過酷であっても、である。捕虜仲間の優しさ、鉄条網や建物の外から聞こえる鳥のさえずり、すきまから差しこむわずかな日の光…。このような小さな出来事をある種心の支えにできれば、心のサバイバルの可能性はそれだけ高まることになる。

身体活動

捕虜は監獄の栄養事情と物理的環境が許すかぎり、運動にも取り組むべき

体力の維持は捕虜の士気を高める特効薬になるが、食事を満足にあたえられていないときは日々の運動もひかえなくてはならない。

である。それでエンドルフィンが放出されれば気分が晴れるだけでなく、機会が訪れた際に脱走するのに必要な体力を維持することになるだろう。小さめの監房内でさえ、基礎的な運動は可能である。そうしているうちに敵に対する反骨精神もよみがえるだろうし、敵が体力をおとろえさせようとしても頑強さを維持できる。

感覚遮断は残酷な虐待行為で、時間の感覚を失わせてパニックや抑うつ状態におちいらせる。防御策のひとつに、冷静で理性的な心の声で「これはなんとかなる。自分の考えや感情はコントロールできる」などと励ましの言葉を自分にかける方法がある。

尋問と拷問

　尋問とは、巧みなウソや強制によって情報を引きだそうとする試みである。一般的には尋問というと捕虜を質問で攻めたてて、そのあいまにときおり残虐な方法で体を痛めつけて捕虜を答える気にさせる、というイメージをいだきがちである。たしかにこれは、広く行なわれている尋問のひとつのパターンである。長時間にわたる質問攻めがとりわけ睡眠遮断と重なると、苦しまぎれに極秘情報がもらされる。道徳心の喪失からというより、精神的に疲労困憊の極に達して自制心がゆるみ、思わず口走ってしまうのである。

　だが尋問は巧妙で多様な形をとりうる。たとえば尋問官と捕虜とのあいだで、丁重で見るからに協力的な会話がかわされることがある。そうした場合尋問官は、捕虜が信頼して告白できる雰囲気を作り上げようとする。安心させて、情報を伝えるほうが理にかなっているように感じさせるのだ。ときには尋問がまったく尋問のように見えないこともある。

　捕虜が尋問部屋につれていかれる前に、看守となにげない会話をかわすときなどがそうだ。看守には情報を探る意図があるが、捕虜は気づかない。逆に尋問がむごたらしい形をとることも

ある。拷問中心になってしまい、尋問官にとっても捕虜を責めさいなむ目的があいまいであるようなケースである。

　ここでポイントとなるのは、尋問にはたいていふたつの基本原理、アメとムチの使い分けと巧みな欺瞞が適用されるということである。前者の場合は単純明快な原理が働く。協力がたりなければその結果殴打、拷問、独房入りといった罰が課せられる。その一方で告白、秘密情報の提供などで協力を明白に示せば、監獄の環境改善、食事の内容改善もしくは増量といった褒美があたえられるか、すくなくとも罰におびえてびくびくしなくてもよくなる。

　ときにはこのふたとおりの選択肢が、具体的な形で実現されることもある。「よい警官・悪い警官」式の尋問［捕虜に反感をいだかせる尋問者と共感をもたせる尋問者による協同尋問］、あるいは異なる場所、つまり明るくて清潔、快適な部屋を褒美に、暗くて不衛生で気味が悪い地下室を罰と恐怖の場にする、といった方法である。こうした陰と陽を象徴するものを使い分けると、捕虜はしだいに一方のもとにいる時間を長く、もう一方を短くする方法を探るようになり、いつのまにか重要情報をもらして協力する状況におちいっていく。

　このような状況でも、優先すべきな

のはなんとしても従来どおり「氏名、階級、認識番号」以上の重要事項は頑としてもらさないことだ、と口でいうのはたやすい。だが限度を超えたおどしや拷問に、ことに睡眠遮断を組みあわされると、いずれは完全な心身の虚脱状態におちいり、自分の意志ではどうしようもなくなる。だがそれでも抵抗を続けた英雄は存在する。では、尋問に抵抗しのりこえるために、たったひとりで可能なことはあるのだろうか。

1点、覚えておきたいのは、捕虜の部隊もしくは組織はやはり仲間が敵の手に落ちたのを知っていて、たいていはある時点で喋らされているだろうと覚悟しているということである。したがってその対策で計画や陣地を変更し

捕虜はとくに粗暴な看守の目星をつけて、できるだけ避けるか、その近くでは考えてふるまうようにしたい。

第5章　拘留訓練

　拘束者は捕虜に虫けら同然だと思わせて屈服させるために、人としての品格をおとしめるような環境に置くこともある。

ている可能性は高い。もっともそれには概してある程度時間がかかるだろうが、その間、とらえられている捕虜には新たな情報は入ってこない。そうなると捕虜は、その情報が実質的に敵にとって無意味になるまで白状するのを遅らせることを目標にできる。つまり数日間、あるいは数週間は、不必要で身の危険を感じる暴力からまぬがれるために、尋問者がたたみかける質問に心から興味があるように見せかけて、

議論に応じるふりはするが、価値ある情報はいっさい提供しないようにすればよいのである。このような方法はいちかばちかの賭けだといわねばならない。優秀な尋問官は遅延作戦にカンが働くからである。それでも抜け目のない捕虜は、真情報の暴露を遅らせて非機密情報から機密情報に話を移行させられる。とりとめはないが真実味のある情報をあたえて、尋問者を満足させこのゲームから降りさせないだろう。

　もうひとつ可能なのは、ただウソをつく方法である。この戦略にもリスクはある。尋問官は人のウソを見抜くのが仕事だからだ。ウソを示す典型的な

体のサインには次のようなものがある。

- そわそわしたり完全に静止したりと、体の動きが不自然になる。とくに足の動きがせわしなくなる。
- 内心びくびくしているので、思わず手で口などの顔の一部、または体のどこかを触ってしまう。
- 自分は正直だといわんがために、まばたきもせずに長いあいだ目を合わせてくる者もいる。逆に自制心におとる者は視線を横や上にそらす。これは脳の想像力や創造力をつかさどる部位を働かせているときに、本能的に出る反応である。
- うわずってぎこちない喋り方になり、呼吸が不規則になる。
- 顔や首の一部が赤くなったり汗ばんだりする。

このようなサインはウソを知るよい手がかりとなる。ただし尋問官も今日ではボディーランゲージについての知識がしだいに普及しつつあるのを承知している。特殊部隊の兵士は「生存、回避、抵抗、脱出（Survival, Evasion,

収容所のなかでは本やタバコ、チョコレートなどが独自の「通貨」になる。だがどの品物も武器への転換が可能である。

第 5 章　拘留訓練

　模擬処刑は、捕虜の命をどうにでもできる拘束者の力を見せつけるもので、捕虜の精神に根深いダメージをあたえる。

Resistance and Escape ＝ SERE)」訓練で、ウソを体の動きで暴露しない方法を教えられる。そのため優秀な尋問官はボディーランゲージ以外の要素も総合して、捕虜の申し立ての真偽を吟味するはずである。『人的情報収集作戦』フィールドマニュアルには、そういった徴候の例があげられている。隠したいことがあるときの対策のためにも、詳細に引用する価値はあるだろう。

- 自己矛盾。情報源が虚偽を述べているときは、質問の範囲内で時系列、おもな出来事に付随する状況といったことでたびたび矛盾が認められるだろう。たとえば情報源

は、短時間の出来事を長々と説明しつづけるかもしれない。あるいは逆に比較的長い時間かかって起こった出来事を言葉少なに語るかもしれない。こうした自己矛盾は、よくごまかしの存在を示している。
- ボディーランゲージが言葉から伝わるメッセージと一致していない。極端な例では、悲惨な体験がくつろいで座った姿勢で語られたりする。このような手がかりを参考に

捕虜は自分とほかの者のボディーランゲージによく注意していなければならない。イラストの左の男は、ウソと不安のサインを示している。

する際には注意を要する。ボディーランゲージは文化によって異なるからである。アメリカでは目を合わせないのはやましさの証拠と考えられるが、アジアでは礼儀正しさの印とする国もある。
- 知識が職務もしくは秘密軍事情報取扱資格と一致しない。情報源の職種、職務もしくは秘密情報取扱資格にもとづいて、各情報源が知っているであろう情報の種類と程度が、基本的にどのようなものかを把握する必要がある。情報源の答えが予想される情報レベルにないのがわかった場合（予想より多

すぎたり少なすぎたり、または異なったりするとき)、それは虚偽を語っている証拠かもしれない。情報源が期待に反していると判断しなければならない…。
- 同じ言葉づかい、同じ詳細な説明でくりかえされる答え。ある話題についてウソをつこうとするとき、情報源はたいてい話の内容をそらんじている。特定の出来事について毎回まったく同じ言葉づかいで語ったり、質問と一言一句違わない答えを返したりするのは裏がある証拠である。極端な場合は話の腰を折られると「話の整合性を保つ」ために、頭から話しはじめなくてはならなくなる。
- 情報源の外見が経歴とそぐわない。情報源の風貌が経歴と一致しないときは、虚偽を語っている公算が高い。たとえば農業従事者であると告げているのに手にタコがない、一兵卒だというわりには仕立てのよい軍服を着ている、などである。
- 情報源の口調が経歴と合わない。文構造や語彙をふくめた言葉づかいが経歴にふさわしくないときは、作り話をしている可能性がある。たとえば農業従事者のはずが大卒レベルの話し言葉だったり、市民のはずが軍隊俗語を使ったりする。
- 専門用語の欠如。職業にはかならず特有の隠語や専門用語がある。情報源が経歴に合う適切な専門用語を使わないときは、ウソをついているかもしれない。この手の虚偽を見抜くためには、分析官もしくは技術者の応援を頼む必要があるだろう。

――米陸軍FM2-22.3『人的情報収集作戦』9、pp.6-7

 以上のように、敏腕尋問官は広範で一歩も二歩もつっこんだ証拠を総合して判断するのである。もちろんすべての尋問官が優秀だったりすぐれた訓練を受けたりしているのではないが、捕

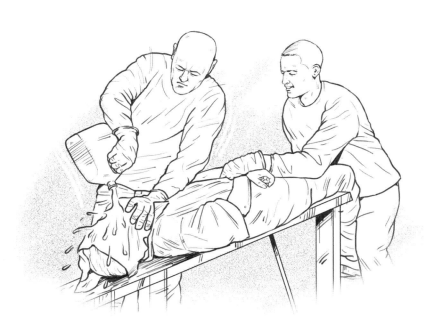

　水責めは溺れる感覚と、現実に溺れる状況を作りだす。このような拷問の狙いは、パニックにおとしいれて、情報をもらすまいとする自制心をつきくずすことにある。

虜はそのような見きわめをするのをつつしむべきである。架空話の露見をのがれる手法のひとつに、できるだけ真実に近づける、というものがある。事実にもとづく内容と実際の記憶にウソをはさみこめば、自然で説得力のある態度で話しやすくなる。すくなくとも、この方法で暴行の激化を防ぐことや、ほんとうに暴露できない別の情報の領域から注意をそらすことはできるだろ

う。

　最後に、捕虜はほかの者を危険におとしいれたり自尊心を傷つけたりする行為を絶対にすべきではない。『捕虜の抵抗』マニュアルには次のような記述がある。

　　性格特性や訓練、教育、プライド、信念といった、敵に捕まったときに自分が身につけているものを総動員すれば、万全の防御策になる。捕虜は、監禁が永遠ではないことを心にとどめておかねばならない。逃亡や解放の見こみもあるだろう。しかも

第5章　拘留訓練

そのときが来て味方のもとに復帰したら、捕虜になる以前よりましな人間になっているか、いくぶんおとっているかのどちらかになる。捕虜になったらこのことを忘れずに生きのびて、自分を知っていた、あるいは知っている者に、いつまでも評価されつづけるのを承知していなければならない。みずからの鏡である良心は片時も離れずにあることを、意識する必要がある。
——米陸軍 FM21-78『捕虜の抵抗』
　　p.29

絆の形成

ベトナム戦争の例が示すように、監禁は数カ月から数年、あるいは数十年もの長期におよぶことがある。この期間中に捕虜と拘束者とのあいだに、あ

勾留環境では、口汚くののしられながらの尋問は日常茶飯事である。捕虜は架空の身の上話をよく記憶にとどめておく必要がある。

る程度人間関係が生じる可能性がある。両者が個人レベルで互いを知るようになり、このような人間関係が本物の友情に発展した例もあった。実際FBI（米連邦捜査局）は、人質事件の被害者のうち約8パーセントが、いわゆる「ストックホルム症候群」の徴候を顕著に示していると考えている。これはつまり、人質が人質犯に共感を示しかばうそぶりをしはじめる現象で、言葉ではあきたらずに体を張ってまで犯人を守ろうとした事例もあった。

　これがさまざまな段階で障害になるのは明らかである。拘束者と個人的に近しくなると、極秘情報をもらしやすくなる。またはほかの収監者を裏切る、脱走の機会をうかがわなくなる、人質救出作戦が行なわれても協力しない、といった問題も起こるだろう。ただし否定できないメリットもある。拘束者と心を通わせる関係を築けば、待遇や監房の環境がましになり、さらにはその先の脱走に役立つ情報を得るチャンスに恵まれるかもしれないのだ。

　このような状況で捕虜は、ひとりの人間としての拘束者と、拘束者が代表する立場や組織とをはっきり区別しなくてはならない。拘束者は優しさを見

情報将校は尋問と観察から、重要な捕虜と階級の低い戦闘員とを選り分けなければならない。

虐待を受けている捕虜は意のままにできることをコントロールする必要がある。たとえば呼吸の速さ、自分との対話の内容、チャンスが訪れたときの休息といったことである。

せたりする。身の上話で同情を誘ったり、すくなくとも理解をうながしたりするだろう。それでもその人物が、捕虜の価値観や社会と基本的に対立する組織を代表している事実は変わらない。捕虜はそのことを忘れてはならない。そうしたけじめがあれば、敵との関係において自分を見失わずにいられる。救出作戦が発動された暁にも、新しくできた友人への同情をばっさり切りすてて、準備にかかれるはずである。

ただし、その拘束者が組織の目的に強く惹かれていなければ、本物の協力者に転向することもありえなくはない。このようなチャンスには慎重に探りを入れる必要がある。味方であるはずの者も、捕虜のせいで本人や家族に直接的な危害がおよびそうだと感じると、いきなり凶悪な敵にさま変わりする場合もあるからである。

脱出

大半の捕虜の最終目的は脱出である。実をいうと、捕虜の数からすると脱出の成功例はかなり希少である。これはただ拘束者がありったけの知恵を働かせて脱出の手段を阻止しようとするためだけではない。監獄暮らしで捕虜の体が衰弱して、体力的にキツい逃亡がむずかしくなるからでもあるのだ。

だからといって、捕虜になったら脱出は金輪際あきらめるべきだといっているのではない。実践的なテクニックを紹介する著書はある。たとえば2013年に出版された本書著者の『SAS・特殊部隊図解敵地サバイバルマニュアル』(北和丈訳、原書房) など

第 5 章 拘留訓練

　音責めでは、凄まじいボリュームの音(たいてい激しい音楽)をガンガンかけて眠るのを禁じる。すると捕虜は緊張性頭痛に苦しめられる。

敵に捕まったばかりなら、脱出の絶好のタイミングはしばしば最初の数分間にある。拘束者が戦闘など周囲の出来事に気をとられているときは、とくに成功しやすい。

第 5 章 拘留訓練

人質救出に向かった兵士が、助けだした捕虜を安全な場所まで誘導している。じつのところ、勾留のさまざまな状況のなかでも、救出はきわめて危険な局面なのである。

もそうだ。ただし心理的レベルでいえば、脱出は基本的に注意力と情報収集がすべてである。敵の手に落ちたその瞬間から、捕虜は周囲のあらゆる事象に鋭敏な観察力を働かせなければならない。たとえば次のようなことに注意

をはらう。

- 拘束者は大体どのような服装をしているか。
- 権力構造はどのようになっているか。
- 捕虜が閉じこめられている場所では、毎日の日課はどのように進むか。
- 捕虜の輸送にはどのような車両が使われるか。
- 捕虜収容所もしくは拘置所の配置は

163

捕虜収容所は脱走計画のなかでは、攻略する対象の一部でしかない。周囲の環境も脱走の障害となる。厳しい自然環境が待ち受けているならなおさらである。

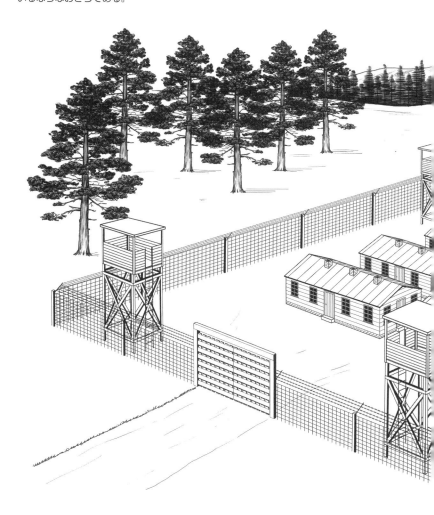

第 5 章 拘留訓練

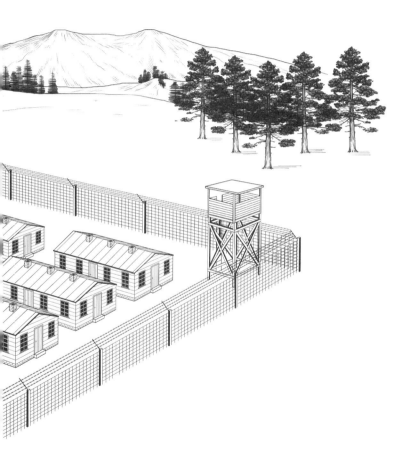

どのようになっているか。
- どのような警備体制を敷いているか。監視の死角に収容所に通じる道はあるか。
- 収容所の周囲にどのような景色が広がっているのか。その国のどこであるか場所を特定することは可能か。
- 収容所に修繕のいきとどいていない場所や、つい最近修繕・改装した場所はないか。
- 道具や武器などの補給品はどこで入手が可能か。
- 収容所で特権をあたえられた者のみが出入りできる領域はあるか。またどうすれば捕虜がそのような特別なはからいを受けられるのか。
- 看守のなかにほかの同僚より気さくで素直な者はいないか。

こうした疑問の答えを探し、ほかに入手できる情報もコツコツ集めているうちに、捕虜は収容所の物理的構造と

捕虜は拘置所のあらゆる点をくまなく観察する必要がある。警備上の弱点と脱出に利用できる日課を心にとめておく。

第 5 章　拘留訓練

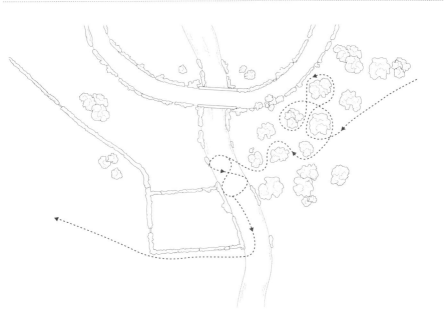

日常生活についての詳細で動的な図を作成できる。こうした情報を利用すれば、脱出できそうな機会を見つけられるだろう。そのようなチャンスはかならず高水準のリスクをともなうが、次の項目にあるものを見出せれば、そうしたリスクも確実に軽減される。

- 脱獄準備のための機会。たとえば厳しい基礎体力訓練を実施し、食べ物を余分に入手しておく。
- 関与する仲間全員に逃亡の指示を伝達する安全な手段。兵士が習得している難聴者のための基本的な手話とモールス信号は有用で、声に出さなくてもコミュニケーションができる。

脱走の段階になったら、捜索犬をつれた追っ手をふりきるために、敵を避けながら不規則なパターンで移動すると逃げのびやすくなる。

- 収容所からの実際の脱出口。監視からはずれる時間帯がある場所がよい。
- 脱出の具体的手段。道具類や看守の制服などを事前に手に入れて、脱獄開始まで隠しておく。
- 収容所からの脱出に成功した場合の明確な行動計画。脱出後の敵手回避にこそ、最大級の危険が待ち受けている。というのも周囲は敵地かもしれず、追っ手の看守にふたたび捕まりでもしたら、手荒な扱いを受ける

　人質救出チームは建物内を順序立てて移動して、たいてい部屋に突入する「準備」としてスタングレネード（閃光弾）を使用する。

　可能性が非常に高いからだ。そのため逃亡計画では、救援部隊との接触と、味方の前線の通過のいずれかの方策を考えなければならない。

　計画に従うだけでなく、つねに脱走の瞬間をうかがう必要もある。それが

とくに功を奏するのが、拘束直後の数時間である。このとき拘束者はたいてい捕虜を監禁体制に組み入れておらず、状況はまだ流動的だからである。

　ただしいったん収監されたら、原則的に計画的脱獄のほうがうまくいく。なぜなら捕虜は、収容所の壁や鉄条網を越えたあとどうするかについて、熟慮しているからである。

第5章 拘留訓練

　救出チームは部屋に侵入するとすぐさま標的を探す。したがって、敵の反撃ととり違えられるようなまねは、絶対につつしむべきである。

第6章　戦争後遺症

第6章

戦闘体験は人間の心理に強大な影響をおよぼす。そのために生物学的レベルで脳が萎縮するほどである。トラウマの予防と治療はいまや軍の最優先事項となっている。

戦争後遺症

軍事心理学で莫大な資金と頭脳が投入されているのが、戦闘体験が人の精神におよぼす作用についての研究である。戦争の心理的影響については、はるか古代、または中世の昔から漠然とした理解があった。しかし戦闘に関連する心の傷についての研究が本格化したのは、第1次世界大戦（1914-18年）のあいだである。というのも、この大戦で何十万人もの兵士が、イギリスで「砲弾ショック」と名づけられた症状に悩まされたからである。時代とともにその診断方法と呼称は改善され、今日では「心的外傷後ストレス障害」（PTSD）が形成されるメカニズムは、

かなり詳しいところまで解明されている。本章では戦場の凄まじい光景や音、匂い、感覚にさらされたときに、人の精神に起こることと、PTSDにかんする最新の予防と治療の方法を探っていく。

心の傷

戦闘に参加する兵士のすべてが、その後戦列に立てなくなる心理状態におちいるわけではない。同じ刺激に対して、どの兵士も同じ反応を示すのでもない。小火器チームの各メンバーはまったく同じ交戦を経験しても、平然と切りぬける者もいれば、心理状態がひどく不安定になり、やがては機能不全や薬物乱用におちいって、あげくには犯罪に手を染める者までいる。

前ページ：戦闘ストレス障害は、戦闘中だけでなく数週間、あるいは数カ月もあとになって発症することがある。

PTSD関連の数字と問題には、あらためてハッとさせられるものがある。たとえば詳細な調査から、イラクの戦闘から帰還したアメリカ兵のうち、帰国時にPTSDを疑われる者は、10-18パーセントにおよぶことがわかっている。しかも25パーセントもの兵士がうつ病になり、大量のアルコールを摂取している。戦闘によるストレスは、あきらかに真剣に取り組むべき問題である。アメリカでは2011年だけでも、47万6514人の帰還兵がPTSDの治療を受けた。イギリスでは2009年に帰還兵8500人が刑務所で刑期をすごし、くわえて1万1500人が執行猶予か仮釈放の処分を受けた。こうした者の多くは、犯罪行為にいたる前に、PTSDかうつ病になっていたことがわかっている。

戦闘は本質的にストレスに満ちた体験である。兵士はいきなり暴力や手足の切断、死といった衝撃的な場面に出くわすおそれがあるが、多様な精神的挫折も味わう。アメリカ陸軍医療課程の入門書『心理社会的問題（Psychosocial Issues）』（MD0549）は、次のような戦闘時のストレッサーをあげている。

動物の世話で、トラウマをいだいた戦闘員の心が癒やされた例が報告されている。動物が愛情を示して義務感をよびさますのである。

第 6 章 戦争後遺症

戦闘時のストレスには次のような種類がある。

a. 身体的・心理的緊張。過負荷耐性は低下するが、恐怖もしくは精神的葛藤がくわわらなければ、戦争神経症にはいたらない（睡眠と食事をとるタイミングが不規則で、質・量ともにまちまちな場合、あるいは過度に激しい運動をしたときなど）。

b. 苦痛、手足の切断、死への恐怖

ただ仲間とふれあうだけの時間は、心理的なトラウマからの回復になくてはならない。緊張から解放されて、感情を吐露する機会になるからである。

や不安。

c. 失敗や恥をかくことへのおそれ。

d. 苦悩、激しい怒り（友人の死、敵に対する憎しみ、リーダーの無能さなど）。

e. 倫理的限界（非戦闘員への発砲・殺害、病人の見殺しなど）。兵士は自分の憤りや行為に対して

173

罪悪感を覚えるだろう。
f. 精神的葛藤（生存をとるか、それとも任務、忠誠心、理想をとるか。負傷した戦友の置きざりや近日除隊者の任務除外など）。
g. 退屈、制約、プライバシーの欠如など。
h. 銃後にかんする心配事、失望。
── 米陸軍MD（医療学校）0549

　PTSDにはさまざまな「トリガー」がある。特定の匂いや音のような単純な物理的刺激も、悪夢やフラッシュバックのきっかけになる。

『心理社会的問題』2-3

　これらの項目は単独でも精神的に深刻な影響をあたえる可能性がある。

第6章　戦争後遺症

だが、戦闘中によくあるように複数が組みあわさると、重い精神病に発展して本格的なPTSDになるおそれがある（特集コラムを参照）。PTSD発症者とまったく同じか同じような経験をしても、兵士が全員PTSDをわずらわないことを考えると、第一線管理の観点で、何がその違いを生じさせるかを明らかにすることには意義がある。アメリカでは、兵士のPTSDの発症率を高める状況的要因を調べている。なかでもわかりやすいのは、戦闘の直接体験に、とくにだれかが負傷または死亡するさまをまのあたりにしたショック、または命の危険を感じる状況から抜けだせないと感じる試練がくわわ

薬物乱用はPTSDの代表的な前兆である。薬物は基本的にトラウマの痛みや不安を感じにくくするために使用される。

PTSD の症状——米退役軍人省

　PTSD の症状は 4 種類に分かれる。

1　過去の出来事の再現（再体験の症状ともいう）

　トラウマ体験の記憶がふとしたきっかけでよびさまされる。その出来事が起こったときと同じ恐怖と戦慄を覚えることもある。たとえば

- 悪夢を見る。
- その出来事がもう一度現実に起こっているように感じる。これがフラッシュバックである。
- 見たり音を聞いたり、匂いをかいだりしたものから、その出来事が鮮明に記憶によみがえる。それがいわゆる「トリガー」で、ニュース報道、事故の目撃、車のバックファイアの音などが刺激になる。

2　その出来事を思いださせる状況の回避

　トラウマ体験を思いださせるトリガーの状況や人物を避けようとする。その出来事について話すことも考えることも避ける。たとえば

- 人混みは危険だと感じるので避ける。
- 交通事故や軍の車列の爆破にあった場合は、運転を避けるようになる。
- 地震にあったために、地震を扱う映画の鑑賞を避けようとする。
- その出来事について考えたり話したりしたくないので、いつも多忙にしているか援助を求めようとしない。

3　信念や感情の好ましくない変化

　トラウマのために自分や人についての考え方が変わる。この症状は以下のような多くの側面をともなう。

- ほかの人間に好意も愛情も感じないので、人と交わろうとしない。
- トラウマ体験を部分的に忘れるか、そうした体験について話せなくなる。
- 世界は危険だらけで、信用できる人間はいないと感じる。

第6章 戦争後遺症

4　神経の高ぶり（過覚醒ともいう）
　神経過敏であるかたえず緊張して、危険を警戒している。急にキレたりイライラしたりする。このような状態を過覚醒という。具体的には
- なかなか寝つけない。
- 集中するのに苦労する。
- 大きな音や思いがけないことにギョッとする。
- レストランや待合室では、壁に背中を向けないと気がすまない。
——米退役軍人省
　　https://www.ptsd.va.gov/public/PTSD-overview/basics/symptoms_of_ptsd.asp

ったケースである。手足を失う、脳を損傷するなど、身体的外傷を負った者も重いPTSDになりやすい。ケガの症状が悪化をまねくのである。

だがそれ以外の要因もある。戦闘体験以外にもPTSDのリスクを高める要因はあるのだ。戦場での配備が長期にわたる兵士は、任務期間が短い者より精神的ダメージを受けやすい。戦場ですごす時間は、心理的な「圧力鍋」の効果と一致するのである。興味深いことに、階級と教育レベルの低い者もリスクが高い傾向にある。独身だったり家族の問題をかかえていたりする者も同様である。さらに士気の低さに悩まされている部隊や社会的支援の不足も、PTSDの兵士を増やす要因になる。面白いことに州兵や予備兵は、正規軍の兵士よりPTSD発症のリスクが大きい。

この情報からPTSDのリスクから守られている兵士の像が見えてくる。それは、最高レベルの訓練を受けて部隊全体が意気揚々と使命感に燃え、将来有望なキャリアを見こめる社会に組みこまれて、家族や友人のしかるべき支えがあり、適切な休息期間をはさんで短めに前線配備された者である。ひと口でいえば、PTSDになりにくい兵士は、幅広い心理的欲求を満たされているので、戦闘のトラウマに直面しても立ちなおりが早いのである。つまり

イラクやアフガニスタンのような戦域で兵士は、戦争が市民にあたえる影響がしばしば憂慮すべき結果となっている事実をまのあたりにしている。

第 6 章　戦争後遺症

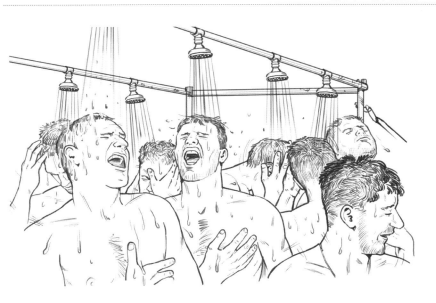

軍人がシャワーを浴びている。兵士にプライドをもたせ無力感をいだかせない意味で、基本的な衛生は大きく役立っている。

そうなると軍の兵科、部隊のタイプをとわず、あらゆる戦闘経験者がPTSDと無縁ではないことになる。

「共同ケア」

　戦闘直後の兵士の行動は、PTSDを心に居すわらせないためにも重要である。過去十年間にわたる研究では、戦闘後の集中的な心理分析は、PTSDの予防としてあまり得策でないことがわかっている。それどころか、それでトラウマが内面化して事態を悪化させるおそれもあるのだ。

　それよりはるかに好ましいのは、支援部隊の枠組みで目的のある活動に従事しつづけることのようである。運動はとくに大きな効果をあげている。ともに心の痛手となる経験をしたばかりの仲間のあいだで、本音を語り理解を示す会話をかわせるからである。

　軍事の世界ではこのような働きかけを「共同ケア（collaborative care）」とよんでいる。いちじるしい効果があるのは、自然発生的に起こり、兵士にまだ通常の生活から離れていないと感じさせるからである。トラウマの痛みを鈍らせるためのアルコール摂取は、絶対に勧められない。

179

第6章　戦争後遺症

前ページ：運動は確実に心身を回復させる。筋肉をほぐしてエンドルフィンを放出すると、ストレスのさまざまな影響がふり落とされる。

　PTSDの治療で重要とされているのは、発症が認められたらできるだけ早く行動を起こすことである。では部隊レベルでは、具体的にどうすればよいのだろうか。『心理社会的問題』フィールドマニュアルは、BICEPS法（次ページのコラムを参照）にもとづくPTSD治療の適切な原則を説明している。

　ここで概略した原則は、精神的ショックを受けた兵士にはじゅうぶん体を休めさせて回復をうながすが、その状態から抜けだせなくならないように、目的と社会的支援をあたえることに重点を置いている。この治療ではまた、兵士に仲間を失望させたと感じさせな

PTSDの種はトラウマ体験の直後に植えつけられるので、予防措置は即座に開始するのが望ましい。

戦闘ストレスの緊急治療（BICEPS）

a. 戦闘ストレス反応に苦しむ兵士の治療原則は、Brevity（短期性）、Immediacy（緊急性）、Centrality（集中性）、Expectancy（期待）、Proximity（近接性）、Simplicity（簡潔性）の頭文字をとって BICEPS とよばれている。具体的には以下のようなことを表す。

(1) 短期性。治療は短くすませて、3日以上長引かせてはならない。治療を延長する際は、負傷兵を後送する。
(2) 緊急性。早期ケアの必要性を認識する。専門医の意見や他施設への後送を待ってはならない。

第6章　戦争後遺症

(3)　集中性。負傷兵を病院とは異なる1カ所に集めて治療する。軍にとどまっているイメージが保たれて、負傷兵はみずからを病人だと考えにくくなる。

(4)　期待。職員や戦友、指揮系統からの言葉、または言葉以外のメッセージから、負傷兵に数日後には任務に復帰できると期待させる。負傷兵は自分は病気でも小心者でもなく、戦闘消耗の通常のストレス反応が起こっただけで、かならず回復できると信じる。

(5)　近接性。負傷兵が配備されている部隊にできるだけ近い場所でケアをする。これはその間部隊との絆を保って、戦友からの支えを受けさせるためである。

(6)　簡潔性。治療の目的は負傷兵の戦列復帰で、精神医療をほどこすことではない。

b. その他。「BICEPS」法にくわえて、負傷兵には次のようなものが必要になる。

(1)　休息。必要に応じて、1、2晩鎮静剤を投与する。

(2)　栄養があり食欲をそそる食べ物。

(3)　グループの支援。たとえば自分の体験を人に話して、どのように感じているかを比較しあい、仲間が回復するさまを見守る、といったことなど。

(4)　専門的な支援。各人のPTSDからの防御機制を高める。ここでは部隊の結束や受け入れ態勢があること、現場復帰の保証を強調して、プライドと義務感に訴える。

(5)　軍隊にとどまっている雰囲気。たとえば階級、儀礼、野外装備、制服、関連のある任務の遂行、病院でない場所の設定など。

——米陸軍 MD0549『心理社会的問題』2-5

左：兵士は心に問題があるのを認めたがらずに、ただ「耐えぬけばよい」と考えたりする。だが正しい道はいつも治療を求めることなのだ。

下：PTSDに苦しむ者は、視覚化によって戦闘後の日常生活でのフラストレーションに精神的に対処しやすくなり、ストレス・レベルも下げられる。

第6章　戦争後遺症

戦闘ストレスの影響には、ひどく現実離れしたものもある。この兵士は「ヒステリー盲」に襲われて（最近では「転換性障害」ともよばれる）、一時的に視力を失っている。

上:親しい戦友の死傷は、やりきれない出来事である。各人がのりこえるためには、部隊でサポートしあうことがなにより大事になる。

いように、兵士のプライドと自己評価を保つ工夫がなされている。

治療

最新の研究では、PTSD患者のための新たな治療方法がふたつ見出されている。ひとつめは「持続エクスポージャー法(PET)」とよばれている。この治療プログラムは段階をふみながら進められる。まず戦闘経験者は悲痛な出来事を細部まで思いだし、言葉に出して説明するよううながされる。その

話を録音して聞き返すこともある。さらに患者はPTSD症状のきっかけになる状況と直面するよう勧められる。そうしてその感覚に少しずつ慣れて、恐怖に対処していくのである。とくに話をするプロセスでは、原因となる体験への客観的で中立的な視点ができるので、それにまつわる感情の抑制が可能になる。

もうひとつの治療法は長期化したPTSDへの対処法で、「認知処理療法（CPT）」という。このプログラムが重点を置くのは、兵士に経験しているものの正体を教えることである。兵士はPTSDの症状について知識を得て、その状況に関連して起こる考えや感情を認識し理解する。いったんそうした考えや感情に注意が向くようになったら、徐々に向きあってのりこえるコツをつかむ。この治療法の重要な目標は、PTSDに苦しむ者が世界を危険と脅威に満ちた場所と見るのをやめさせて、人生の前向きなチャンスに目を向けさせることにある。

戦闘によるトラウマに苦しむ兵士は、部隊内またはその外の軍人社会で利用できる支援制度を、できるだけ活用すべきである。兵士のほとんどが、友人や戦友からの支えがなによりありがたかったと感じている。おしなべて、当人の経験を正確に理解できる立場にある人々だからである。それでも心理的問題となってくると、親友にさえも心情を打ち明けたがらないかもしれない。精神的に不安定でプレッシャーにつぶされやすいと思われるのをおそれるためである。そのため下士官および将校は、配下の兵をよく観察し

現代のPTSD治療で重視するのは、兵士に誇りをとりもどさせて無力感をいだかせないために、できるだけ早期に通常の、ただしあまり負担がかからない業務に復帰させることである。

て、PTSDなどの問題に苦しんでいる者を見きわめる、という特別な注意義務を負っている。

カウンセリング

このほかにもPTSDに苦しむ兵士は、専門的な軍のカウンセラーまたは臨床心理士に診断と治療を求めることもあるだろう。上官にそうするよう強制されるかもしれない。とはいってもそれは何もおそれることではない。軍のカウンセラーはふつう、戦闘ストレスなどの症状を年間に何百例も扱って

部隊の隊員がともにつらい経験をしたあとも、体を動かす活動をいっしょに行なえば、隊の結束を固められる。

いる。戦闘配備の時期はとりわけ多く、PTSDだけでなくメンタルヘルスの問題を不名誉だとは思っていない。カウンセラーの目的は、良好な精神状態で患者を現場に復帰させることにある。それを忘れてはならない。軍は兵士ひとりに多大な投資をしているので、除隊を望むはずはないのだ。

有能な軍のカウンセラーもしくは臨床心理士は、治療プログラムを準備し

ている。その目的は、苦しむ者がトラウマの原因を理解し、それを受け入れ理性的に考えて、感情をコントロールし日常生活を前向きにすごせるように手助けすることにある。またPTSDの治療を専門とする退役軍人の慈善団体も数多くある。その多くが戦争経験者のスタッフをそろえている。たしかに完全に信用できる治療を受けたいなら、従軍経験のあるカウンセラーを探すほうが賢明だろう。同じ経歴をもつ患者とカウンセラーのあいだでは、信頼と理解の成立しやすい雰囲気になることがわかっている。また意思の疎通がスムーズになったりもする。両者とも軍事用語は了解ずみで、互いの世界を理解するのにかかる時間が短縮されるからである。

ここでひと言注意。カウンセリングの形式はさまざまで、どれも同じ価値があるわけではない。多くはカウンセラー個人の力量による。カウンセリングを受けた兵士は、大体1カ月以内に幸福の感じ方が違ってくるはずである

複雑でないカウンセリングなら、訓練された臨床心理士がかならずしも適切な人材でないこともある。ほかの兵士の言葉が事態の打開をまねいたりもするのだ。

（もっとも重症の場合は、症状が軽減されるまでひどく長引いたりもする）。もしそうならなかったら、問題解決のために新たな聞き手を探したほうがよいかもしれない。

月の生活

PTSDから目を転じて、やはり取り組む必要があるのが、戦闘を経験してその後市民生活に復帰した者に蔓延するうつ状態である。兵士は軍務に従事しながら精神的な強さを身につけているはずだが、さまざまな意味において市民生活ではひどく辛い思いをする。軍ではたいてい社会的帰属意識を強く感じて共通の目標をもっているが、それを育んでいるのは強固な部隊への帰属意識とチームスピリットである。作戦遂行中、目標は明確に規定され、各兵士はチームのほかの隊員を防御しながら動く。全員が互いの背中を注視し

「まきぞえの被害」は、照準が精密な現代の戦闘であっても後を絶たない。そのために軍務の遂行を疑問視する兵士も出てくる。

ているのである。体力はピークに達し、とてつもない威力がある複雑なテクノロジーを操作する機会もたびたびある。それ以上に食べ物、寝場所、雇用などへの基本的欲求は、すべて部隊内で充足される。ただし作戦の環境が悪化しないかぎりだが。このような協力態勢があるから、兵士は戦闘につき進むのだろう。戦闘はまちがいなく心に深い傷を負わせるが、戦闘経験者の多くはその純然たる興奮とアドレナリンがほとばしる感覚、そして生き残れたことにかんする高揚感を覚えている。こう

した体験にほんとうの意味で出会うことは、もう二度とないのである。

このような環境と比較すると、市民生活はあまり報われないように思えるだろう。家庭から1歩出れば、ふつう市民間の社会的なつながりは兵士同士の絆にくらべればはるかに弱いので、帰還兵は忠誠心と支えがほとんどない世界で、根なし草になったような感覚に襲われる。職業上の目標は、軍事作戦の目標とくらべるととるにたらないように思われる。だが同時に、市民生活で企業精神になじめなければ、仕事の実績についての要求は途方もなく高く過酷になる。戦闘に身を置いた兵士にとって、市民生活は悲惨などんでん返しのように思える。そのため戦闘経験者は、月に行った宇宙飛行士にたとえられる。月からの帰還後に宇宙飛行士が気鬱を訴えるのは、その後の人生で月で味わったような強烈な体験に、二度と出会えないのを知っているからである。

このようなうつ状態の対応策として、なかには単純明快な解決策である、軍への再入隊という選択をする者もいる。もちろんそれが許される条件を満たしていればの話だが。このような方法にはあきらかに限界がある。兵士の経歴にはいつかはピリオドを打つ必要があるからである。その後は軍の外の生活の現実に向きあわねばならないだろう。

市民との友好的な交流は軍事作戦の成功のカギをにぎるが、兵士の精神衛生のためにも欠かせない。

したがって軍隊生活の原則の一部をとりいれるほうが、それよりもはるかに賢明になる。帰還兵がじゅうぶんに理解している原則を、外の世界に適用するのである。

たとえば非軍事的な目標に作戦の概念を組みこんでみる。帰還兵は人生や職業の「任務の目標」を明確に規定しなければならない。できるなら紙に書きだして、専用の予定表に留めておく。そしてその目標の実現に向けて、強力な行動計画に着手するのである。毎朝ベッドから出るときに、その日を任務の遂行日と考えて、大きな目標の達成のためにすくなくとも小さな1歩をきざむ。理想をいえばそうした目標には、社会との接触が多いものをくわえるとよい。ひょっとするとほかの退役軍人と、外の世界でも部隊の結束のようなものを保てるかもしれない。このような目標の設定は、心のサバイバルでカギをにぎるポイントになる。なぜならそれは将来に向けての目的意識となるからである。

本書は随所で、軍務で強力な心理的(メンタル)スキルが発揮されるのを見てきた。とくに注目したのが、精神的回復力、適応性、効果的なボディーランゲージ、現実世界での物事の達成のスキルである。こうした能力は、軍組織の内部だけでなく外の世界でもまったく同じように通用する。むしろ本書がただひと

第6章　戦争後遺症

つ主張するとしたら、それは一般市民こそ、軍事の世界の精神的対処法に学ぶべきものが多いということである。

帰国は戦闘経験者にとって感動的な瞬間になる。研究によると、安定した家庭生活を送る兵士は、PTSDになりにくいことがわかっている。

手足を失うなど負傷した兵士は、心にきざまれた傷にくわえて、身体の新たな現実にも適応しなければならない。

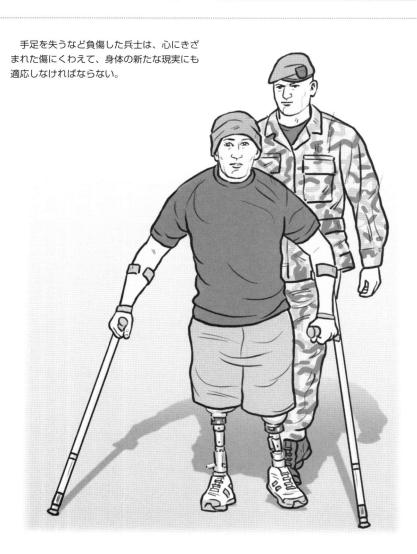

参考文献

アメリカ合衆国フィールドマニュアル

U.S. Army, *Prisoner of War Resistance*, FM 21-78 (Department of the Army, Washington DC, 1981)

U.S. Army, *Military Leadership*, FM 22-100 (Department of the Army, Washington DC, 1990)

U.S. Army, *Physical Fitness Training*, FM 21 -20 (Department of the Army, Washington DC, 1998)

U.S. Army, *Survival*, FM 3-05.70 (Department of the Army, Washington DC, 2002)

U.S. Army, *Combat and Operational Stress Control*, FM 4-02.51 (Department of the Army, Washington DC, 2006)

U.S. Army, *Human Intelligence Collector Operations*, FM 2-22.3 (Department of the Army, Washington DC, 2006)

U.S. Army, *Insurgencies and Countering Insurgencies*, FM 3-24/MCWP 3-33.5 (Department of the Army, Washington DC, 2014)

U.S. Army, *Leader Development*, FM 6-22 (Department of the Army, Washington DC, 2015)

U.S. Army Medical Department, *Psychosocial Issues*, MD0549 (U.S. Army Medical Department Center and School, Fort Sam Houston. TX)

U.S. Marine Corps, *Kill or Get Killed*, FMFRP 12-80 (Department of the Navy. Washington DC, 1991)

U.S. Marine Corps, *Warfighting*, MCDP 1 (Department of the Navy, Washington DC, 1997)

U.S. Marine Corps. *The Individual's Guide for Understanding and Surviving Terrorism*, MCRP 3-02E (Department of the Navy, Washington DC, 2001)

U.S. War Department, *Bayonet*, FM 23-25 (War Department, Washington DC, 1943)

書籍

Clausewitz, Carl von, *On War*, edited and translated by Michael Howard and Peter Paret (Princeton University Press, Princeton, NJ, 1976)、カール・フォン・クラウゼヴィッツ『戦争論』、篠田英雄訳、岩波書店

Figley, Charles R. and William P. Nash (eds.), *Combat Stress Injury; Theory, Research, and Management* (Routledge, London, 2006)

Freedman, David H., *Corps Business, The 30 Management Principles of the U.S. Marines* (HarperCollins, New York, 2000)

Laurence, Janice H. and Michael D. Matthews (eds.),*The Oxford Handbook of Military Psychology* (Oxford University Press, Oxford, 2012)

McManners, Hugh, *The Scars of War* (HarperCollins, London, 1994)

McNab, Chris, *Prisoner of War Escape and Evasion* (Amber Books, London, 2012)、クリス・マクナブ『SAS・特殊部隊図解敵地サバイバルマニュアル』、北和丈訳、原書房

Shephard, Ben, *A War of Nerves: Soldiers and Psychiatrists 1914-1994* (Jonathan Cape, London, 2000)

Taylor, Robert L., William E. Rosenbach and Eric B. Rosenbach, *Military Leadership: In Pursuit of Excellence*, sixth edition (Westview Press, Boulder, CO, 2008)

インターネット

British Army — Developing Leaders Guide:*www.army.mod.uk/documents/general/rmas_ADR002383-developing Leaders.pdf*

How to Succeed at Pre-Ranger and Ranger School: *www.benning.army.mil/tenant/wtc/content/PDF/Pre-RangerSuccessGuide.pdf*〔注：リンク切れ〕

Royal Marines — Get Fit to Apply: *www.royalnavy.mod.uk/~/media/files/cnr-pdfs/get%20fit%20to%20apply%20rm.pdf*〔注：リンク切れ〕

UK National Counter Terrorism Security Office: *www.gov.uk/government/organisations/national-counter-terrorism-security-office*

U.S. Department of Homeland Security: *www.dhs.gov*

U.S. Department of Veterans Affairs — PTSD information: *www.ptsd.va.gov/public/PTSD-overview/basics/symptoms_of_ptsd.asp*

U.S. Marine Corps — Semper Fit, Standardized Nutrition Program -*www.dcoe.mil/content/Navigation/Documents/WPC%202012%20Presentations/Family%20Breakout%20Session_King_March%2029_3pm_Meeting%20Room%203.pdf*

U.S. Military Doctrine and Training Publications:*armypubs.army.mil/doctrine/Active_FM.html*〔注：リンク切れ〕

索引

イタリック体は図版関連ページ。

ア

頭の回転の速さ
　記憶力　55-62
　時間と練習　53
　読書　53-5
　と米海兵隊　51-3
アップルゲート、レックス
　80, 83-5
意識的な状況説明　87-8
意思決定　66, 68-9
　戦術面に表れる特徴
　　89-103
ヴァーチャル・トレーニング
　40
ウソと尋問　151-7
運動
　運動のしすぎ　19
　基礎体力訓練の内容
　　11-4
　勾留中の　147
　楽しみ　18
　と栄養　*20*
　と PTSD　*176*
　フィットネス・プログラム
　　の作成　15-8
運動のしすぎ　19
栄養
　海兵隊のアドバイス　*20*,
　　21
　間食　*20*
　食品群　12, 14, *14*
　バランスのとれた食事
　　12, 14, *14*, 19-21
　肥満　7-10
演技
　困難な状況　79
　重要性　28-9

リーダーシップ　66-9
「援護」　*84*
応急手当
　胸部圧迫　*127*
　止血　*127*
　蘇生法　*126, 127*
音責め　*161*
音標字母（フォネティック
　コード）　62, *63*

カ

会食　16-7
カウンセリング　188-90
重ね着の原則　28
家族と男女の社会的関係
　114
仮眠　*18*
感覚遮断　*148*
環境的ストレッサー　*26*
監禁　→「勾留」
感情的ストレッサー　*26*
間食　20
関連づけ（記憶術）　57-8
記憶宮殿の記憶術　58-9
記憶術　61-2
記憶力をアップする関連づけ
　57-8
　記憶宮殿の記憶術　58-9
　言語学習　61
　さまざまな記憶術　61-2
　とテクノロジー　55
　年号の語呂あわせ　59
機械を扱う仕事　*56*
奇襲（戦闘）　93-8
基礎訓練
　現実重視　40
　視覚化　44-50
　姿勢　35-9, 41-4
　説明　33
　前向きな姿勢　41-4
　目的　34-5

基礎体力
　栄養　20-1
　脅迫観念　18
　訓練の内容　13-4
　さまざまな運動　16-7
　ストレス　21-8
　楽しみ　18
　テスト　17
　プログラムの作成　15-8
　米陸軍マニュアル　12-4
牛乳　*20*
鏡像　111
共同ケア　179-81
胸部圧迫　*127*
筋持久力　13
筋力　13
果物と野菜　*12*, 20
クラウゼヴィッツ、カール・
　フォン　73
『軍事的リーダーシップ
　（Military Leadership）』
　（米陸軍）　98-9
訓練
　頭の回転の速さ　51-5
　記憶力　55, 57-63
　現実重視　40-1
　視覚化　44-50
　姿勢　35-9
　前向きな考え方　41-4
　目標　34-5
決断力　98-9
権限の委任　65-6
言語
　学習　61
　文化の理解　117-8
現実重視　40-1
攻撃性のコントロール
　74-81
交戦　→「戦闘」
拘束　→「勾留」
拷問　→「尋問」

勾留
　からの脱出　160–9
　絆の形成　157, 159–60
　状態　141
　尋問と拷問　149–57
　尋問への抵抗　150–7
　心理的影響　142–4
　心理的抵抗　140–8
　ストックホルム症候群
　　159
　対処　144–8
　人質救出　*168*
勾留からの脱出　160,
　162–9
コミュニケーション能力
　69–70

サ
作戦規律　*87*
『サバイバル（Survival）』
　（米陸軍）　22, 24, 37–9,
　85–6
市街戦　*2–3, 101*
視覚化と訓練　44–50
　基本原則　47–9
指揮官の影響力　66
止血　*127*
自信、信頼　29, *99*
持続エクスポージャー法
　（PET）　186
脂肪（食物）　*12*, 14, *20*
市民生活への復帰　190–3
社会構造など文化的要素
　114
弱点、重大な　100–3
射撃チーム　*82–3*
宗教などの文化　115
銃剣訓練　*76–7*, 77–8
重心　98, 100–3
　重大な弱点　100–3
重大な弱点　100–3
集中　91, 93
柔軟性（体）　13–4
主導性
　情報収集　118, 121–4

とウソ　151–6
と戦闘　*98–9*
食事　→「栄養」
食品群　*12*, 14–5, *14*
　「栄養」も参照
心的外傷後ストレス障害
　（PTSD）
　症状　*176–7*
　ストレッサー　172–4
　増加　171–2
　治療　181–9
　トリガー　174, *176–7*
　発症を高める要素　175,
　　178–9
　予防　179–81
心肺持久力　13
尋問と拷問とウソ　149–57
　実態　141–2, 149–51,
　　153, 156, 157, 161
　抵抗　150–7
心理作戦用車両　*111*
　『心理社会的問題
　　（Psychosocial Issues）』
　　（米陸軍）　172–8,
　　181, *182–3*
心理的ストレッサー　*26*
睡眠
　仮眠　*18*
　睡眠不足　*19*
ストックホルム症候群　159
ストレス
　コントロール　27–8,
　　87–9
　心身への影響　22–5,
　　23, 25, 27, 85–6
　「心的外傷後ストレス障害
　　（PTSD）」も参照
　ストレッサー　26, 172–4
　戦闘中の　85–9
　定義　22
　「闘争か逃走」の反応　86
ストレス姿勢　*141*
ストレッサー　*26*, 172–4
スピードと集中（戦闘）　91,
　93

スペシャリストの訓練　33
　頭の回転の速さ　51–5
　記憶力　55–62
　リーダーシップ　62–70
精神と肉体
　栄養　7–12, 21
　演技の重要性　28–9
　基礎体力　12–9
　ストレス　21–8
　肥満　7–10
生理的ストレス　*26*
戦争犯罪　75, 77
戦闘
　奇襲　93–8
　訓練　77–81
　攻撃性のコントロール
　　74–81
　重心　98, 100–1
　重大な弱点　100–1
　主導性と決断力　*98–9*
　スピードと集中　91, 93
　戦闘ストレス　85–9,
　　170–94
　大胆さ　97
　敵との対決　81–5
　敵を知る　82–5
　徒手格闘術　*92–3*
　リーダーシップ　89–103
『戦闘（Warfighting）』（米
　海兵隊）　3–5, 51–3, 89,
　91, 93, 97, 98
戦闘ストレス　→「心的外傷
　後ストレス障害」
戦闘の影響　170–94
専門技術　53
側面攻撃　88
狙撃手・弾着観測員チーム
　76
蘇生法　*126, 127*
ソフトターゲット　*128*
ソンミ村虐殺事件（ベトナム）
　75

タ
体脂肪率　14

大胆さ（戦闘時）　96-7
対テロ作戦
　情報収集　118-24
　テロリストの思考
　　109-18
第2次世界大戦中の日本軍
　の戦術　82
脱水症状　*13*
炭水化物　*12, 14, 20*
タンパク質　*12, 14, 20*
チームワーク　*98-9*
溺死防止浮遊法　*51*
敵との対決　→「戦闘」
敵の文化
　家族と男女の社会的関係
　　114
　言語　117-8
　社会構造　114
　宗教　115
　適切なふるまい　116-7
　米陸軍の見解　110-3
　歴史　115-6
手製爆弾（IED）　*113, 131*
テロ攻撃
　回避　125-32
　情報収集　118-24
　対テロ作戦　110-9,
　　121-4
　テロリストの道具　*110*
　特質　107-8
　と敵の文化　111-8
　ハードターゲットとソフト
　　ターゲット　*128-9*
　反撃　134
　反応　132-5
テロリストの思考　109-18

テンポ（戦闘）　91, 93
「闘争か逃走」の反応　86
読書　53-5
徒手格闘術　*92-3*

ナ
NATO フォネティックコー
　ド（音標字母）　*63*
「ニーバーの祈り」　27
乳製品　*20*
認知処理療法　187
認知的ストレッサー　26
年号の語呂合わせ　59

ハ
はさみ撃ち　*91*
ハードターゲット　*128-9*
BICEPS 法　181, *182-3*
人質　→「勾留」
肥満　7-10
ヒューミント（人的情報）
　121-3
　とウソ　151-6
フィットネス　→「基礎体力」
フォネティックコード（音標
　字母）　*63*
武器のメンテナンス　*78-9*
部隊戦術　82, *86*
物理的ストレッサー　26
文化的・状況的な理解
　111-3
ベトナム戦争　75, 94, 139
ボクシング　*102*
ボディーランゲージ　28-9
　とウソ　151-6, *154*
『捕虜の抵抗（Prisoner of

War Resistance）』（米陸
　軍）　142-4, 156

マ
前向きな姿勢　43-4
水責め　*156*
模擬処刑　*153*
目標設定　*37*

ヤ
『殺るか殺られるか（Kill or
　Get Killed）』（米陸軍）
　80-1, 83-5
抑うつ状態
　「演技」　28-9
　市民生活への復帰
　　190-3
　PTSD　171-2
　肥満　8-10

ラ
リーダーシップ
　育成の構造　*65*
　意思決定　66-9, 89-103
　影響力　66
　聞く能力　65
　権限の委任　66
　コア・コンピテンス
　　63-4
　コミュニケーション能力
　　69
　自己分析　69-70, *90*
　戦闘　89-103
　属性　62-4
　米海兵隊　51-3

◆著者略歴◆

クリス・マクナブ（Chris McNab）

軍事のスペシャリストであり、軍事史や武術、サバイバル、武器にくわしい。『SAS・特殊部隊図解敵地サバイバル・マニュアル』、『SAS・特殊部隊式図解サバイバルテクニック』、『図表と地図で知るヒトラー政権下のドイツ』、『SAS・特殊部隊式図解徒手格闘術ハンドブック——護身術テクニック501』（以上、原書房）など、サバイバルや軍事関連の著書は50冊を超える。ウェールズ大学で博士号を取得。イギリスのサウスウェールズ在住。

◆訳者略歴◆

角敦子（すみ・あつこ）

1959年、福島県会津若松市に生まれる。津田塾大学英文科卒。訳書に、スティーヴン・ハートほか『図解第2次世界大戦対ナチ特殊作戦』、マーティン・J・ドハティ『SAS・特殊部隊式図解徒手格闘術マニュアル上級編』、ナイジェル・カウソーン『世界の特殊部隊作戦史1970-2011』（以上、原書房）ほかがある。政治や伝記、歴史などのノンフィクションの翻訳も手がける。千葉県流山市在住。

MILITARY MENTAL TOUGHNESS: Elite Training for Critical Situations
by Chris McNab
Copyright © 2016 Amber Books Ltd, London
Copyright in the Japanese translation © 2017 Harashobo
This translation of MILITARY MENTAL TOUGHNESS
first published in 2017 is published by arrangements
with Amber Books Ltd. through Tuttle-Mori Agency, Inc., Tokyo

SAS・特殊部隊式
実戦メンタル強化マニュアル

●

2017年11月25日　第1刷

著者………クリス・マクナブ
訳者………角敦子

装幀者………川島進デザイン室
本文組版・印刷………株式会社精興社
カバー印刷………株式会社精興社
製本………東京美術紙工協業組合

発行者………成瀬雅人
発行所………株式会社原書房
〒160-0022　東京都新宿区新宿1-25-13
電話・代表03(3354)0685
http://www.harashobo.co.jp
振替・00150-6-151594
ISBN978-4-562-05441-1
©Harashobo 2017, Printed in Japan